COLLECTION FOLIO

Gs

Philippe Meyer

Le futur ne manque pas d'avenir

Chroniques 2

Gallimard

Philippe Meyer : c'est une fructueuse collaboration avec un service de recherches en psychiatrie qui lui a tenu lieu d'école de journalisme et c'est une thèse rédigée sous le regard d'un historien des mœurs, Philippe Ariès, qui a armé sa curiosité. Éditorialiste, chroniqueur, documentariste (*De Nuremberg à Nuremberg*, avec Frédéric Rossif), badaud inspiré (*Paris la grande*, à paraître dans la collection Folio) et, depuis peu, auteur-interprète au théâtre (*Causerie*), son appétit est celui d'un mousquetaire dont la devise pourrait être « liberté, curiosité, diversité ».

Rentrée en fanfare

Heureux habitants de l'Aveyron et des autres départements français, pardonnez-moi d'arriver après tout le monde mais j'ai coutume de ne rentrer qu'en même temps que les classes maternelles afin que le bruit des sanglots que je verse chaque fois qu'il faut reprendre le collier soit couvert par les clameurs déchirantes que poussent les bambins que des parents en apparence impassibles mais dont le for intérieur est en proie à d'émouvants séismes vont pour la première fois confier à la postérité de Jules Ferry et de Françoise Dolto.

Mais ne nous attendrissons pas sur nous-mêmes et reprenons notre besogne, qui est de surveiller les progrès du progrès. Et il en fait, le bougre : à peine revenu de vacances, j'allume la télévision — ce que je m'interdis pendant l'été et je vous recommande d'en faire autant car vous n'imaginez pas à quel point cela repose...

Que voit-on sur le petit écran lorsqu'on appuie au hasard sur la zapette ? Neuf fois sur dix, on tombe sur de la publicité. Cela n'a pas manqué mais, cette fois-ci, on aurait pu croire que cette publicité n'en était pas. En effet, au bout de ma zapette, j'ai pêché Mme Christine Bravo dont les hennissements, les gloussements, les braiements, les couinements, les jappements et les clabaudages faisaient la saison passée les fins d'après-midi du samedi sur France 2.

Mme Bravo s'entretenait avec un fabricant de vêtements d'enfants haut de gamme, les enfants bas de gamme n'ayant qu'à aller s'habiller chez Plumeau. L'accoutreur de lardons supérieurs s'extasiait avec la franchise d'un âne qui recule sur les mérites d'une poudre à laver. Mme Bravo feignait un instant le doute journalistique, puis, vaincue par la rhétorique de son vis-à-vis, elle déposait les armes et s'inclinait devant la lessive...

Il paraît que nous allons devoir nous habituer à cette nouvelle façon de faire de la réclame et que les agences de pub arpentent les trottoirs des chaînes de télévision pour trouver des journalistes ou des gens qui passent pour tels et qui arrondiraient de gaieté de cœur leurs fins de mois déjà grasses en se livrant à cette nouvelle version du jeu du menteur. Cela porte déjà un nom, celui d'*infomercials*, sans e, contraction des mots anglais *information* et *commercials*. Déplorons ce recours à l'anglais et exigeons l'application de la loi Toubon. Après tout, nous avons en français un mot qui décrit à merveille et en quatre syllabes cette activité lucrative : prostitution.

Je vous souhaite le bonjour.

Nous vivons une époque moderne.

P.-S. du 14 septembre — Je suis certain que le film publicitaire auquel a participé Mme Bravo, comme elle vient de nous en informer par l'exercice d'un droit de réponse, n'entend absolument pas jouer sur la confusion entre son image qui est celle d'une journaliste et son statut professionnel actuel dont je serais d'ailleurs curieux, après ce film, de savoir comment il faut le qualifier.

4 septembre 1995

Anti-jambiste

Heureux habitants du Doubs (et doux habitants de l'Eure) et des autres départements français, ça n'est pas pour me vanter mais j'ai passé une partie de mes congés à Paris, inépuisable ressource de merveilles, surtout lorsque les Parisiens l'ont désertée. Je dois cependant reconnaître qu'un phénomène social qui va en se généralisant peut distraire du plaisir que l'on éprouve à parcourir, le nez au vent, les rues de notre capitale. Ce phénomène, c'est la généralisation du port du short par les hommes.

Certains de ces shorts tiennent du caleçon boutonné, d'autres du pantalon rétréci. On en voit qui font songer à des jupes-culottes, d'autres à des barboteuses, d'autres encore à des couches-culottes ou à des slips d'énurétiques. Certains les portent avec des chaussettes et des chaussures de ville. D'autres les assortissent à des sandales de franciscain, d'autres encore à des chaussures avec lesquelles on pourrait escalader l'Anapurna. Il en est de fort immodestes dont les porteurs souhaitent qu'ils exaltent leur virilité. Il en est qui sont presque d'uniforme et qui donnent à ceux qui les ont revêtus les apparences d'un scout attardé qui aurait perdu sa patrouille. On en voit dans les musées, au restaurant, dans les églises, à la poste, chez le droguiste, à la tour Eiffel, dans la rue et au comptoir des rares débits de tabac ouverts pendant les vacances.

Et presque toujours, il en sort des jambes en tuyau de plomb, des cuisses sans esprit, des mollets sans galbe, des genoux caves, le tout recouvert d'une mousse noirâtre de poils qui ressemblent à une toundra anémiée, à un gazon brûlé ou ravagé par les herbicides. Hommes, mes semblables hélas, et mes frères, je vous en conjure, épargnez-nous le spectacle de vos guiboles. Vous croyez être aussi avenants que les dames des Folies-Bergère et vous ne faites songer qu'aux souvenirs de la promiscuité des casernes.

Je sais, mademoiselle Martin, j'ai déjà tonné contre le short et les visions répulsives qu'engendre son port. Un auditeur m'avait écrit alors : « Esthète de l'art, vous êtes donc pour la dictature de la beauté ! » Je suis allergique à n'importe quelle dictature, mais je soutiens que, dans l'incertitude où nous sommes sur ce qui est beau et, plus encore, sur notre possibilité d'entrer dans cette catégorie, il n'y a qu'une façon de nous épargner le ridicule et d'éviter à notre prochain un spectacle pénible, c'est de sacrifier à la pudeur, c'est-à-dire de réserver la vision de nos membres inférieurs à celles — ou à ceux — qui ont pour nous une affection qui les aveugle.

Je vous souhaite le bonjour.
Nous vivons une époque moderne.

5 septembre 1995

Les grosses lettres

Heureux habitants de l'Isère et des autres départements français, on se plaint que l'ordinateur triomphant éloigne de la lecture enfants et adultes. On a peut-être raison, mais on pourrait bien avoir tort dans les années qui viennent. J'apprends en effet que l'Association américaine des managers de système informatique vient de recommander aux apprentis directeurs informatiques de s'adonner régulièrement à la pratique de la lecture. Lisez des romans, conseille cette association aux gens du métier. Lisez des essais d'anthropologie. Lisez même des ouvrages philosophiques.

Cette nouvelle a de quoi surprendre et réjouir, toutefois, je voudrais tempérer la satisfaction qu'ont pu éprouver en l'apprenant ceux de mes auditeurs qui considèrent le livre comme l'un des instruments principaux de la liberté et du bonheur, tout comme ceux qui s'échinent à en convaincre les jeunes têtes que leur a confiées l'Éducation nationale.

L'Association américaine des managers de système informatique pense qu'il convient de lire utile. Aussi, si elle recommande la lecture du roman de

John Steinbeck *La perle*, c'est parce que le futur directeur informatique pourra y étudier, selon elle, la meilleure manière d'obtenir ce qu'il désire en en payant le juste prix. Et si le même étudiant en informatique doit lire l'œuvre du Chinois Sun Tzeu, c'est uniquement pour en retirer un enrichissement de son approche de la stratégie. On ne s'étonnera donc pas que ne figurent à aucun moment dans les conseils de l'Association américaine des managers de système informatique des auteurs aussi inutiles et mauvais stratèges que Verlaine ou Apollinaire, Dickens ou Henry James, Garcia Marques ou Alejo Carpentier. Par contre, on se fera sans doute une idée assez juste des rapports que ces managers informatiques entretiennent (ou du moins entretenaient jusqu'à aujourd'hui) avec la littérature quand on saura que l'ouvrage qui figure en tête de leurs recommandations, signé Mortimer Adler et Charles Van Doren, s'intitule *Comment lire un livre*.

Je vous souhaite le bonjour.
Nous vivons une époque moderne.

6 septembre 1995

Justesse de vue(s)

Heureux habitants du Pas-de-Calais et des autres départements français, mon aimable confrère — car, ce n'est pas pour me vanter, mais j'ai quelques confrères que je ne crains pas de qualifier d'aimables — mon aimable, donc, confrère Jacques Pessis ayant l'inestimable chance d'être le fils adoptif de l'irremplaçable Pierre Dac a, dans un geste de piété dont on ne saurait trop le louer, même à bail emphytéotique tacitement reconductible, rassemblé, sous le titre *Y'a du mou dans la corde à nœuds*, un substantifique florilège des œuvres du découvreur de Mordicus d'Athènes, philosophe grec méconnu quoique fondateur de l'école éthylique. C'est M. Julliard, éditeur à Paris, qui publie ce travail pie, un travail pie qui chante la joie de vivre — cela dit pour rester dans le ton. (Et comment chanter sans rester dans le ton, quoique, aurait dit Pierre Dac, le ton appelle la tomate, légume abhorré des chanteurs.)

Dois-je rappeler à nos plus jeunes auditeurs que Pierre Dac — à la scène, avec l'inoubliable Francis Blanche, le Sâr Rabindranah Duval — fut, en 1965, le candidat présidentiel présenté par le M.O.U., le mouvement ondulatoire unifié ? On voit par là que Coluche n'a pas inventé autant que ses nécrophages le disent. Il fallut toute l'insistance de l'entourage du général de Gaulle que Pierre Dac avait naguère rejoint à Londres pour que le fantaisiste renonce à l'Élysée. Il avait pourtant mis au point un programme dont les lignes de force, pour courbes qu'elles fussent, ne nous en eussent pas moins conduits Dieu sait où. « La politique de rapprochement franco-allemand, affirmait Dac, doit être à la hauteur de son niveau. » Que ne s'en est-on souvenu ! Et que n'a-t-on instauré le ministère de la Fatalité qu'appelait de ses vœux celui qui se plaignait que le boudin français manquât de ressort et qui, dès la Libération, annonçait non seulement des scandales sans précédent mais débusquait aussi des précédents sans scandales ! Je livre enfin à votre sagacité cette réflexion empruntée au sus-cité philosophique Mordicus d'Athènes : « Rien ne sert de penser, il faut réfléchir avant ! »

Je vous souhaite le bonjour.
Nous vivons une époque moderne.

7 septembre 1995

Urgences

Heureux habitants de la Charente et des autres départements français, je crois déjà avoir eu l'occasion de soutenir devant vous qu'Alexandre Vialatte peut être rangé parmi les chroniqueurs immarcescibles, c'est-à-dire ceux dont les propos ne flétrissent jamais. À propos de l'humour noir, Vialatte écrivait : « L'humour noir est bien nécessaire. Il permet de plaisanter de la tombe qui est inéluctable. » Pour ce qui est de plaisanter avec la tombe inéluctable, il arrive que la vie elle-même recèle des trésors d'humour noir.

Un très sérieux quotidien médical raconte ainsi l'histoire d'une malheureuse jeune femme qui, ayant perdu sans raison apparente le contrôle de son véhicule, perdit aussi la vie dans l'accident qui s'ensuivit. Sa famille ayant donné son autorisation, le cœur de cette jeune femme fut greffé à un jeune homme. À peine sorti de l'hôpital, le jeune homme quitte à son tour et fort brusquement cette vallée de larmes. La science s'interroge. Elle cherche les causes de ce second décès et le met en rapport avec la perte de contrôle de l'automobile par la jeune femme dont le cœur fut greffé. On finit par comprendre que cette infortunée créature était morte d'une défaillance cardiaque antérieure à l'accident et donc que l'on avait greffé au jeune homme un cœur hors d'usage, affecté d'un défaut de fonctionnement rédhibitoire. « La même maladie a fait deux victimes avec un seul cœur », commente le journal. Quelle était cette maladie ? La D.V.D.A., autrement dit la dysplasie ventriculaire droite arythmogène, un dysfonctionnement sur lequel la gazette médicale attire l'attention des praticiens, d'autant plus, ajoute mon confrère spécialisé, que « le pronostic sous traitement médical est favorable ». Il est cependant permis de révoquer en doute cet optimisme car, ne craignant pas d'ajouter une touche de noir à l'humour vache de la vie, mon confrère précise que, je cite, « le mode de révélation habituelle de cette maladie est la mort subite », fin de citation. Et pas seulement de citation.

Je vous souhaite le bonjour.
Nous vivons une époque moderne.

8 septembre 1995

Bons apôtres

Heureux habitants de Saint-Pierre-et-Miquelon et des départements français, pas plus tard qu'hier, flânant dans le centre de Paris comme c'est le devoir professionnel du chroniqueur, je passais devant un magasin de vêtements d'une marque assez connue et que nous appellerons Machin. Dans la vitrine réservée aux vêtements féminins, un grand calicot descendant du plafond proclamait en français et en chinois : « Machin aime les femmes et soutient la conférence internationale de Pékin. »

Ah, me dis-je contemplant cette banderole, quel admirable progrès vient de faire le progrès ! Voilà que la cause des femmes aide à faire marcher le commerce et à vendre des chemisiers et des caracos. Certes il y aura bien des esprits chagrins pour susurrer que la conférence de Pékin est une réunion essentiellement destinée à aider la Chine à jeter un voile sur le caractère policier et tyrannique de son régime et Jack Lang à passer à la télévision, mais il n'en demeure pas moins que le fait qu'un marchand de fripes éprouve le besoin, pour attirer le chaland, de montrer qu'il a une belle âme prouve à quel point avoir une belle âme est devenu un impératif social catégorique et, de fait, qui n'a pas sa belle âme ? On voit des chanteurs d'opéra se disputer les bonnes causes devant les caméras de télévision — et ce n'est sûrement pas pour faire augmenter leur cachet, même si cela arrive —, on voit des artistes de variétés venir exposer sur les plateaux les tortures morales que la marche du monde leur fait endurer — et si c'est au moment où ils sortent un album, ce n'est qu'une coïncidence. On voit des hommes publics montrer si souvent leur belle âme qu'on se demande s'ils n'en ont pas plusieurs de rechange, et n'allons pas croire que ces exhibitions ont un quelconque rapport avec le fait que les hommes publics nourrissent pour eux-mêmes des ambitions auxquelles le suffrage universel ne leur a pas encore permis d'accéder. On voit que sais-je encore : des philosophes sans philosophie, des écrivains sans style, des communicateurs sans scrupules, des évêques *in partibus* du box-office, des ministres de plateau de télé et des animateurs cathodiques ayant besoin d'avoir l'air de penser à autre chose qu'à l'audimat et, désormais, des fripiers haut de gamme qui pour nous vendre ce qu'ils ont à vendre nous offrent en prime, gratuitement, tous les malheurs du monde et consolident leur chiffre d'affaires avec des échafaudages de bons sentiments bon marché. Au train où cela va, restera-t-il quelque chose à l'abri de l'argent ?

Je vous souhaite le bonjour.
Nous vivons une époque moderne.

11 septembre 1995

Foutus paradigmes

Heureux habitants des Côtes-d'Armor et des autres départements français, nous vivons sous le règne de l'expertise. Sans le recours aux experts, rien de solide ne saurait être bâti et leurs progrès sont incessants. J'ai ainsi le plaisir de vous informer qu'un conseiller professionnel vient de mettre au point « une approche résolutive des problèmes complexes » qui revêt la forme d'« un méta-management ponctuel partagé ». Le principe de cette démarche consiste « en un accompagnement méthodique et méthodologique dans une action de changement initiée par une demande explicite menée sur une organisation complexe à composantes humaines ». (Pour ceux d'entre vous qui appartiennent à la catégorie des mal-réveillés ou à celle des mal-comprenants, « une organisation complexe à composantes humaines » est une entreprise non entièrement robotisée.)

La finalité du méta-management-ponctuel-partagé est de « fournir une prestation dont les performances transcendent celles des paradigmes en vigueur ». C'était simple, me direz-vous : on ne transcende jamais assez les paradigmes en vigueur. Encore fallait-il y penser et, surtout, trouver les moyens les plus appropriés de transcender ces foutus paradigmes (en vigueur). Notre expert y est parvenu. Par quels moyens ? La littérature qu'il envoie aux chefs d'entreprise ne craint pas de nous le révéler. Remontant à la sagesse de l'Égypte ancienne, il propose « une approche complexe ipso-éco-résolutive qui consiste à se séparer, s'unir, se transformer se diversifier, apparaître et disparaître, se figer et s'écouler, se contracter et se déployer ».

Il se peut que certains esprits figés dans le conservatisme opposent à cette méthode experte un scepticisme de mauvais aloi. Notre conseil en organisation a prévu cette attitude négative et il n'en a cure. Il sait « délier les forces empêchantes et utiliser leur dynamique ». C'est pourquoi, ajoute-t-il dans la lettre-document qu'il signe, il est l'homme qui aidera les Décideurs — avec un D majuscule — à « traiter les grappes de problèmes épineux qui les assaillent et notamment ceux qui débordent leurs barrages stratégiques ou échappent à leurs lignes de front ».

On voit par là que M. le ministre de la Culture est bien optimiste, qui croit qu'il suffit de s'exprimer dans notre langue pour parler français.

Je vous souhaite le bonjour.
Nous vivons une époque moderne.

12 septembre 1995

Coup de chance

Heureux habitants du Jura et des autres départements français, les vacances — évoquons-les encore et conservons-en pieusement le souvenir — les vacances sont le royaume du hasard, donc des coups de cœur et des coups de lune. Prenons un exemple au hasard : le mien. Par un dimanche de canicule, je ne sais quel dieu souffla dans mon dos un vent qui me déposa à Amiens, cité avenante et charmeuse dont on se fait souvent une fausse idée parce qu'on n'en connaît qu'une vilaine tour grise qui se voit de partout, et notamment de tous les trains qui parcourent le Nord.

Flânant par les rues de cette cité après un aimable déjeuner picard arrosé d'un capiteux Châteauneuf-du-Pape blanc, je suis tombé, en face de la préfecture, sur le musée de Picardie. Je suis entré, j'en remercie encore les dieux. Non seulement ce bâtiment est un exemple particulièrement élégant de l'architecture du Second Empire, non seulement la cage du grand escalier est ornée de somptueuses allégories de Puvis de Chavannes sur le travail, le repos et les joies familiales ; non seulement le sous-sol présente une riche collection d'objets funéraires égyptiens, de statues grecques, de verreries et de terres cuites romaines ; non seulement le rez-de-chaussée offre un somptueux ensemble de sculptures et d'objets d'art religieux ; non seulement on y trouve, dans une autre salle, un étonnant condensé de la statuaire officielle du XIXe siècle ; non seulement le premier étage expose des chefs-d'œuvre de la peinture française du XVIe et du XVIIe siècle ; non seulement on peut y admirer un Greco, y goûter un Jordaens, y savourer un Quentin La Tour ; non seulement la peinture d'histoire du XIXe siècle est représentée somptueusement par un *Massacre des Mamelouks au château du Caire* d'Horace Vernet ; non seulement Vuillard, Picabia, Fautrier et Francis Bacon témoignent avec Picasso et Balthus de la fécondité du XXe siècle ; non seulement la taille de ce musée donne au visiteur un sentiment de tranquillité et crée une atmosphère que je qualifierai de bonhomme ; non seulement tout cela mais encore ce qui fait du musée de Picardie à Amiens un musée idéal, c'est qu'il n'y a personne, qu'on peut y flâner deux heures de rang sans rencontrer une autre âme qui vive que celle qui vous a fait le plaisir de vous y accompagner. Et, reconnaissons-le, un musée à soi tout seul c'est l'antichambre des jardins d'Allah.

Je souhaite le bonjour.
Nous vivons une époque moderne.

13 septembre 1995

Sigle infernal

Heureux habitants du Var et des autres départements français, ça y est, ils sont rentrés et la machine scolaire a repris son cours majestueux. Je dis majestueux, parce que l'un des attributs traditionnels de la majesté est le mystère et que rien ne paraît plus mystérieux que les sigles, ces combinaisons d'initiales énigmatiques qui paraissent conférer un surcroît d'importance aux personnages, aux organes ou aux activités qu'elles désignent.

Dans un document officiel de l'Éducation nationale, j'ai dénombré cinquante-six sigles. Certains sont secs comme les coups de trique qui faisaient le fond de l'ancienne pédagogie : I.E.N. désigne l'inspecteur de l'Éducation nationale. On sent qu'il faut prononcer les initiales bien détachées I.E.N. et que les lier et prononcer *Ien* serait manquer de respect à cet éminent hiérarque. D'autres sigles sonnent exotique : ainsi la DEXACO qui n'est en fait que la division des examens et concours. Il est des sigles à double révolution : aussi S.F.A. désigne le service d'information des ATOS (A.T.O.S.). Et qu'est-ce qu'un ATOS ? C'est l'ensemble des personnels administratifs, techniques, ouvriers et de service qui peuvent relever du S.F.A. déjà cité aussi bien que du CAFA, le Centre académique de formation des ATOS. On ne confondra le CAFA ni avec le CAFOC (Centre académique de formation continue) ni avec le C.C.A.F.E. (Centre commun pour la formation des enseignants).

Il y a des sigles rébarbatifs : I.U.F.M. (institut universitaire de formation des maîtres), des sigles télescopiques : SEFOCEPE (service de formation continue d'éducation permanente), des sigles dont les initiales forment un mot bien plus poétique que ce qu'il recouvre : ainsi MORGANE signifie mise en œuvre des reconversions et gestions des adaptations pour les nouveaux emplois, et GRETA ne désigne qu'un groupement d'établissements. Il y a des sigles qui laissent pressentir que ce qu'ils désignent ne fera guère de merveilles : comment s'enthousiasmer pour une E.A.A.V.S., sigle qui désigne une équipe académique d'animation de la vie scolaire ?

Mais mon sigle préféré reste l'un des plus courts : le J.E.D. Il signifie jeune en difficulté. Il me semble que c'est l'idéal du sigle. Quand vous pouvez appeler J.E.D. l'un des gamins qui viennent à l'école pour y moisir tranquillement en attendant le R.M.I., je ne dis pas que la difficulté est facilement résolue, mais il me semble que le jeune est plus aisément passé par pertes et profits, et qu'on peut l'acheminer tranquillement vers une catégorie statistique.

Je vous souhaite le bonjour.
Nous vivons une époque moderne.

14 septembre 1995

Vision nouvelle

Heureux habitants du Vaucluse et des autres départements français, la crise n'a qu'à bien se tenir. Revoilà les communicateurs. Ils étaient partis réfléchir dans les îles chics, les voilà revenus pleins d'idées fulgurantes pour réduire le chômage à quia. La preuve : le président de l'une des trois premières entreprises françaises a reçu d'un communicateur qui se définit comme créatif, prospectif et managérial la lettre suivante :

« Monsieur le Président,

« La vitesse à engager l'avenir sur la différence crée l'avantage inédit. L'acuité et la réactivité dépendent pour beaucoup des façons de lire les dires et de poser des regards sur les faits. Ces façons constituent la quintessence de l'immatériel.

« Dire sur les regards. Les progrès du savoir changent le langage : le regard, expression du champ de la pensée, forge ce mouvement des mots dont sont issues de nouvelles visions. À ce regard correspond une attitude de la pensée pour l'action : la prospective.

« Regard sur les dires. La somme des nécessaires

savoirs sectoriels ne suffit plus à la résonance qu'impose la transversalité des solutions à concevoir. Des dires éprouvés, le concept de certitude se déplace vers les problématiques complexes. Distinguer dans l'accumulation des savoirs et combiner sans exclure sont les caractéristiques de nos productions intellectuelles. Elles instruisent le pragmatique sur les circonstances d'un système à un horizon donné et inscrivent la décision dans des concepts créatifs. Elles ont trois finalités :

« — Dégager des visibilités sur des faits porteurs d'avenir ;

« — Préparer les systèmes à s'approprier des futurs possibles ;

« — Résoudre les problématiques uniques et complexes.

« Des dires au faire, il y a votre intuition, et votre appréciation de nos capacités. Je souhaite que vous m'accordiez l'occasion de nous présenter. J'appellerai votre secrétaire pour savoir.

« Veuillez croire, Monsieur le Président, en l'expression de ma considération distinguée. »

Il n'a pas encore appelé la secrétaire. Je crois savoir que celle-ci a pour consigne de lui dire, de la part du président, je cite :

« Monsieur, si des idées au faire il y a une intuition, vous n'êtes pas, laissez-moi vous le dire, prêt de faire. »

Je vous souhaite le bonjour.
Nous vivons une époque moderne.

15 septembre 1995

Bouche bée

Heureux habitants de l'Essonne et des autres départements français, ceux d'entre vous qui ont vu *Orlando*, le film de Sally Potter, se souviennent sans doute de l'actrice qui en incarnait à la fois le héros et l'héroïne, Tilda Swinton. Eh bien Tilda Swinton a connu la semaine dernière à Londres un destin que je ne barguignerai pas à qualifier d'exceptionnel : elle est devenue une œuvre d'art. Une galerie londonienne, située non loin de Hyde Park, a en effet exposé l'actrice britannique en tant que « sculpture humaine ».

Visualisons la chose : dans une pièce blanche abondamment éclairée par la lumière du jour et mesurant environ quarante mètres carrés, on a d'abord installé une cage de verre, rectangulaire, d'environ deux mètres de long, un mètre de large et un mètre de hauteur, le tout à un mètre vingt du sol. Dans cette cage de verre surélevée, un matelas et un oreiller. Blancs.

Allongée sur le matelas, vêtue de ses habits de ville et la tête posée sur l'oreiller, l'actrice Tilda Swinton. À ses côtés, une paire de lunettes. Tous les jours, de lundi à dimanche, Tilda Swinton est venue dormir dans cette cage de dix heures du matin à six heures de l'après-midi. D'opportuns orifices ménagés dans la cage de verre lui permettaient de respirer normalement.

Les visiteurs — environ deux cents chaque jour — étaient invités par la galerie d'art à observer le sommeil de l'actrice. De près. Ou bien de loin. Ou bien ni de près ni de loin. Un observateur officiel leur indiquait que Tilda Swinton avait soupiré à midi vingt. Qu'elle avait passé les deux tiers de son temps allongée sur son côté gauche. Qu'elle avait très peu ronflé. Que son sommeil était resté paisible. Qu'elle dormait le plus souvent avec son bras gauche replié. D'après les journaux, les visiteurs ont recueilli ces renseignements avec componction. Le propriétaire de la galerie et auteur de cette « sculpture humaine » a tenu à préciser que, pendant les sept jours de sa dormition dans la cage de verre, l'abondante chevelure rousse de l'actrice n'avait pas été lavée. Pourquoi ? Je ne sais pas. Il n'y a pas d'explication : c'est de l'art.

Je vous souhaite le bonjour.
Nous vivons une époque moderne.

18 septembre 1995

Appartement royal

Heureux habitants de la Somme et des autres départements français, laissez-moi vous conter une histoire exotique. Elle se passe en Suède — dont je salue les heureux habitants — et concerne au premier chef une citoyenne de cette monarchie septentrionale, citoyenne que nous appellerons Mlle Martinson. Mlle Martinson est locataire, dans la banlieue chic de Stockholm, d'un appartement que mes confrères suédois — car, ce n'est pas pour me vanter, mais j'ai des confrères suédois — un appartement, donc, qu'ils ont qualifié de « confortable mais de catégorie moyenne ». En 1994, le propriétaire de cet appartement confortable mais de catégorie moyenne y fit effectuer des travaux d'amélioration et en tira prétexte pour augmenter le loyer de Mlle Martinson.

Jugeant cette augmentation injustifiée et abusive — et faisant même valoir que l'immeuble restait, malgré ses pressantes insistances, infesté par des rats — Mlle Martinson demanda à la Direction du contrôle des loyers de déclarer infondée l'augmentation du sien. Elle eut gain de cause, mais son propriétaire décida de faire appel de cette décision administrative devant la cour de justice compétente. Cette honorable instance vient de rendre son arrêt. Elle confirme la décision de la Direction de contrôle des loyers et rejette les prétentions du propriétaire de Mlle Martinson.

Eh bien quoi, chroniqueur matutinal, tu ne vas pas nous faire désormais la chronique des conflits dans l'immobilier ? Non, rassurez-vous, auditeurs prompts à l'inquiétude : si je vous ai raconté l'histoire de la victoire de Mlle Martinson sur son propriétaire, c'est parce que celui-ci n'est autre que le roi de Suède Charles-Gustave. Qu'une citoyenne obtienne gain de cause contre son souverain, cela m'a paru relever du conte de fées, et, à ce titre, permettre de commencer la journée avec un sourire démocratique.

Je vous souhaite le bonjour.
Nous vivons une époque moderne.

19 septembre 1995

Acquisition du langage

Heureux habitants de la Haute-Marne et des autres départements français, ce n'est pas pour me vanter mais si vous quittez l'île de Guernesey et que vous naviguez vers l'est, au bout de l'équivalent en miles marins de onze kilomètres, vous trouverez l'île de Sercq. Les nombreuses curiosités qu'y offrent la nature aussi bien que les coutumes indigènes ont incité une auditrice parisienne et sachant cependant auditer à envisager une villégiature dans cette île.

À sa demande, l'office du tourisme de Sercq lui a fait parvenir des prospectus d'hôtel. Un seul de ces prospectus est rédigé en anglais et en français. Enfin, en français, disons plutôt en... Jugez vous-même !

« Commencez des jardins du revers du sud à l'écart près du village avec toute aménité sur notre seuil. Le bar de les Huitres et le restaurant d'Homard étaient internationalement renommés pour cuisine superbe et a visité régulièrement par yachtmans internationaux recommandés par la nourriture majeure des guides. Tout chambres ont la facilité privé et télévision de la couleur. »

Jusqu'ici, si l'on se souvient qu'*amenity* veut dire

aménagement et que l'on devine que facilité privé désigne l'endroit où l'on répond aux appels de la nature, il est facile à un bachelier moyen de comprendre l'essentiel de cet argumentaire. La proclamation suivante recèle plus de mystère. Elle dit : « Famille amicale ». En se reportant au texte anglais, cela signifie que vous êtes les bienvenus avec vos enfants. Vient ensuite un paragraphe qui annonce : « Piscine moderne chauffée, chute d'eau », et, en caractères majuscules : « ENFANTS ÉCLABOUSSENT LE BILLIARD ». (Billiard, comme milliard multiplié par mille.) Comme le texte anglais placé en vis-à-vis dit « children's splash pool », qu'Alex Taylor traduirait par bassin de plongée pour les enfants, je n'ai pas réussi à reconstruire le glissement qui a conduit les enfants à éclabousser le billard. Cependant il me semble que je n'hésiterais pas à séjourner dans cet hôtel. Le dernier paragraphe précise en effet : « On parle français. »

Je vous souhaite le bonjour.
Nous vivons une époque moderne.

20 septembre 1995

Et réciproquement

Heureux habitants de l'Orne et des autres départements français, ce n'est pas pour me vanter, mais j'ai trouvé la formule qui va mettre d'accord tous ceux de nos concitoyens qui se disputent à propos de la question de l'immigration. Reprenons brièvement leurs positions. Les uns réclament que nos frontières soient ouvertes à tous ceux qui souhaitent s'installer en France et ceux qui sont entrés dans ce pays sans en avoir le droit se voient attribuer des titres de séjour. Ils traitent leurs adversaires de différents noms d'oiseaux dont le plus courant est fasciste.

Leurs adversaires les traitent d'irresponsables et fustigent leur angélisme. Non seulement, soutiennent-ils, le marché est incapable d'absorber ces clandestins mais encore ils iront grossir le nombre déjà élevé des habitants des quartiers où nos institutions d'intégration, et notamment l'école, ne fonctionnent qu'extrêmement mal.

Disons-le, on n'aperçoit guère de compromis possible dans ce débat capital. Ou plutôt on n'en apercevait pas jusqu'à ce que mes investigations de chroniqueur de service public me conduisent à la découverte d'un document élaboré par l'U.R.S.S.A.F. Je ne crains pas de le dire, dans sa sagesse, que dis-je, dans sa sagesse, dans son génie administratif, l'U.R.S.S.A.F. a réglé la question des immigrés clandestins.

« Les personnes de nationalité étrangère, rappelle l'U.R.S.S.A.F., ne peuvent être affiliées à un régime obligatoire de sécurité sociale que si elles sont en situation régulière. » Et d'un ! « Toutefois, si les intéressés sont en situation irrégulière, les cotisations restent dues. »

On voit par là qu'il suffit d'un peu d'imagination et de volonté pour lutter contre l'exclusion.

Je vous souhaite le bonjour.
Nous vivons une époque moderne.

21 septembre 1995

Mauvaise compagnie

Heureux habitants des Pyrénées-Orientales et des autres départements français, quelle question se posait à nous avant les vacances ? Comment rentrer dans nos maillots ? J'en sais plus d'une et j'en connais plus d'un qui se torturèrent pour affiner leur tour de taille avec plus ou moins de succès et qui, aujourd'hui, ayant joyeusement festoyé durant l'été, doivent répondre à la question : comment rentrer dans nos tenues de ville ?

Que celles-là et que ceux-ci se réjouissent : des chercheurs canadiens viennent de trouver la énième, mais néanmoins définitive recette pour maigrir sans douleur, sans régime, sans substitut de repas et sans mange-graisse miraculeux et hors de prix. Ces nutritionnistes de l'Université de Toronto, après de minutieuses études, ont établi de la manière la plus formelle que ce qui fait grossir c'est... la convivialité. Manger avec autrui, soutiennent ces scientifiques, conduit à passer davantage de temps à table et, entraîné par la conversation de ses convives, à boire plus et à manger en plus grande quantité.

Les nutritionnistes de Toronto recommandent

donc que nous mangions seul afin de garder la ligne, que nous ne fassions la conversation qu'à nous-même et que nous ne buvions qu'à notre propre santé, et encore, de l'eau ! C'est là une excellente mesure, mais insuffisante. Il est incontestable que le contact et la fréquentation d'autrui nous poussent à boire et à manger soit parce que nous y prenons du plaisir, soit, au contraire, pour compenser la peine et les soucis qu'autrui nous cause. L'idéal diététique voudrait donc que nous nous placions durablement à l'abri de notre prochain et je suggère que, pour ce faire, un fabricant avisé lance sur le marché une sorte de préservatif total qui nous protège de tout contact. Ce pourrait être une armure en matériau extra-léger comme la science permet désormais d'en produire. Et ce qui serait bien, ce serait qu'à l'intérieur de cette armure, il y ait un miroir qui nous permette non seulement de faire la conversation avec nous-mêmes, mais encore d'admirer constamment à quel point nous serons sveltes !

Je vous souhaite le bonjour.
Nous vivons une époque moderne.

22 septembre 1995

Enfance lucrative

Heureux habitants du Gard et des autres départements français, vous vous souvenez peut-être des temps héroïques du Salon de l'enfance qui se tenait chaque année à la porte de Versailles, à Paris. On n'y vendait pas des enfants comme on vend des autos au Salon de l'auto, mais, au début des Trente Glorieuses, on commençait à prendre acte de ce que l'enfance devenait un marché et un marché juteux, et l'on y présentait des produits de toutes sortes censés apporter aux chères têtes blondes de quoi traverser heureusement la période de leur entrée dans la vie.

Le Salon de l'enfance n'existe plus mais l'enfance est de plus en plus un marché juteux. Un industriel de l'agro-alimentaire vient, dans cet esprit, d'arroser les rédactions d'un dossier supervisé par un médecin pédiatre et qui vante les mérites d'un petit déjeuner industriel dont le cœur de cible est constitué par les scolaires.

Pourquoi diable les élèves du primaire auraient-ils besoin d'un petit déjeuner fabriqué en usine ? Parce que, nous dit son fabricant, ils sont de plus en plus nombreux à regarder la télévision dès le lever, puis en se débarbouillant le museau, en s'habillant et en préparant leur cartable. Les parents auraient tendance à souhaiter que leurs rejetons se réunissent autour de la table familiale pour y partager tranquillement le premier repas de la journée. Erreur pédagogique, nous dit le pédiatre agro-alimentaire. Selon lui, les parents devraient en effet comprendre que la télévision fait partie de l'univers de leur progéniture depuis la vie intra-utérine, qu'ils ont, depuis l'intérieur du ventre de leur mère, entendu le son du petit écran comme un bruit familier, apaisant et quasi maternel. Les en priver serait une faute et peut-être même un crime. Mieux vaut leur acheter un petit déjeuner industriel et portatif qu'ils peuvent consommer devant les dessins animés japonais que débitent nos chaînes de télévision.

Dans le langage du pédiatre agro-alimentaire, cela s'appelle « ne pas entraver la mobilité des enfants en multiactivité » et « leur permettre de faire plusieurs choses à la fois », tandis que « la télévision fait office de compagnie à l'enfant ».

Je ne voudrais pas refuser les progrès du progrès mais la télévision en guise de compagnie, un brouet industriel en guise de petit déjeuner, des dessins animés japonais pour tout conte de fées et Dorothée comme seconde maman : voilà de quoi nous préserver de la tentation de retomber en enfance.

Je vous souhaite le bonjour.
Nous vivons une époque moderne.

25 septembre 1995

À un cheval près

Heureux habitants de la Gironde — et girondes habitantes de l'Eure — et des autres départements français, ça n'est pas pour me vanter mais, hier, j'ai ouvert ma boîte aux lettres. La première lettre que j'ai décachetée n'était pas pour moi. Je m'en suis aperçu trop tard. Elle était pour mon ancien voisin du second, un délicieux nonagénaire que nous appellerons M. Martin. Comme cette lettre était imprimée et ne paraissait pas très personnelle, j'avoue que je l'ai lue. D'autant qu'elle commençait par cette formule intrigante : « Cher M. Martin, une personne que vous connaissez bien m'a demandé de vous venir en aide, et, après avoir étudié votre cas, j'ai plusieurs choses à vous dire... »

Puis le signataire de la lettre se présentait à M. Martin : « Il faut que je vous dise que je suis considéré comme l'une des plus grandes voyantes de France, pour ne pas dire d'Europe. Je suis un peu la mère de toutes les jeunes voyantes actuelles. Leur modèle, en quelque sorte. » La mère des jeunes voyantes indiquait ensuite à M. Martin : « Vous êtes l'une des personnes, parmi celles que mes dons m'ont signalées, dont la situation m'a le plus touchée, pour ne pas dire émue. » Après cette sympathique entrée en matière, le modèle des voyantes écrivait, en lettres grasses et capitales : « J'AI UNE BONNE NOUVELLE POUR VOUS, M. MARTIN. » Puis, en caractères normaux : « Je suis personnellement convaincue que le vendredi 13 octobre 1995 va marquer pour vous le départ d'une vie nouvelle. Et sachez que je ne me trompe que très rarement, pour ainsi dire jamais. »

J'ai alors pensé à M. Martin. Cela fera quatre ans cet automne que nous l'avons conduit à sa dernière demeure. Remarquez que je n'en conclus pas que la voyante s'est mis le doigt dans l'œil. En invitant mon défunt voisin à venir la consulter pour en savoir plus sur les joies qui l'attendent à partir du 13 octobre prochain, l'extralucide lui écrit : « Je pense sincèrement que vous méritez mieux que la situation qui est la vôtre actuellement... » Je suis sûr, car il était bon vivant, que M. Martin serait de cet avis.

Je vous souhaite le bonjour.
Nous vivons une époque moderne.

26 septembre 1995

Anti-bardotisme primaire

Heureux habitants des Alpes-Maritimes et des autres départements français, une fois n'est pas coutume, mais je voudrais consacrer ma causerie de ce matin à la dénonciation nominale et circonstanciée d'un collaborateur de Radio France — et plus précisément de France Culture — doublé d'un élu du peuple — très exactement conseiller régional d'Île-de-France — qui vient de publier aux Éditions du Seuil un livre que l'on devrait brûler — et sans doute son auteur avec.

Guy Konopnicki — puisque c'est de lui qu'il s'agit — a, en effet, écrit un *Éloge de la fourrure*, dont le sens heureux de la formule ne fait qu'aggraver la nocivité. M. Konopnicki, dont je rappelle qu'il est élu sous l'étiquette des Verts, s'en prend aux écologistes qui ne supportent pas l'emploi d'une matière aussi naturelle que la fourrure. (Et disons-le aussi belle sur n'importe quelle femme, aussi douce à la main, aussi provocatrice de pensées caresseuses... Mais ne m'égaré-je point ?)

M. Konopnicki — après avoir décrit, avec une émotion qu'il devrait réserver aux bêtes, l'univers des gens de la fourrure au milieu desquels il est né — M. Konopnicki, donc, soutient que les ours de nos montagnes ont moins souffert à cause des fourreurs qu'à cause des skieurs, de leurs remonte-pentes et de leurs chalets.

M. Konopnicki reproche à Mlle Bardot non de couper les ânes mais de préférer les phoques aux Esquimaux et même — ce qui est étrange — de préférer les phoques aux homosexuels dont elle voudrait débarrasser Saint-Tropez. M. Konopnicki affirme qu'il y a plus de cadavres d'hommes dus à la lutte pour le pétrole que d'animaux disparus pour parer les épaules des dames. M. Konopnicki exprime, en cent trente et quelques pages, une infinie nostalgie pour un monde où l'asepsie des sentiments n'était pas encore générale.

On le voit, M. Konopnicki est une curiosité, peut-être même un monstre. En tout cas une bête qui marche à reculons et que tout condamne à disparaître : il y a quelques mois, en effet, l'Orchestre philharmonique de Seattle a refusé d'interpréter *Pierre et le loup* au motif que l'œuvre de Prokofiev dépeint cet animal sous un jour dépréciatif. Voilà qui nous rassure sur l'influence que peuvent avoir sur les progrès du progrès M. Konopnicki et ce qui lui reste de pareils.

Je vous souhaite le bonjour.
Nous vivons une époque moderne.

27 septembre 1995

Reprise en main

Heureux habitants de l'Hérault et des autres départements français, M. John Major, comme vous ne l'ignorez pas, se trouve en danger que les élections prochaines le conduisent à abandonner le 10 de la rue Downing Street, comme je l'ai entendu dire à la télévision. Dans son œuvre de reconquête de l'électorat britannique de Grande-Bretagne — comme nous l'entendrons sans doute bientôt dire à la télévision —, M. John Major vient d'annoncer que de nouveaux objectifs allaient être assignés aux membres du corps enseignant chargés des classes maternelles.

Désormais, les enfants âgés de quatre ans devront :

— connaître l'alphabet ;

— pouvoir écrire leur nom ;

— dessiner un cercle et un carré ;

— utiliser à bon escient des comparatifs simples comme « plus gros », « plus grand », « plus loin » et « plus près ».

Une organisation britannique d'enseignants a vivement critiqué ces quatre propositions en indiquant « qu'il ne convient pas de faire entrer l'enfant âgé de moins de cinq ans dans un processus d'apprentissage et qu'il est beaucoup plus approprié de le laisser s'exprimer ».

Nullement impressionné, M. Major a annoncé que les élèves des classes maternelles devraient « apprendre à reconnaître le bien du mal, à traiter les êtres vivants avec respect et à prendre soin de leur propriété et de celle d'autrui ». Le premier ministre de Sa Gracieuse Majesté a ajouté que l'ensemble des mesures envisagées auraient, selon lui, un impact significatif sur la délinquance juvénile.

Je le crois volontiers : pris entre la sottise de ceux qui trouvent traumatisant de devoir apprendre l'alphabet à quatre ans et la bêtise de ceux qui pensent qu'on devient voleur de mobylettes parce qu'on n'a pas appris les bonnes manières à l'école, nul doute que les jeunes Anglais soient tentés de casser quelque chose...

Je vous souhaite le bonjour.
Nous vivons une époque moderne.

28 septembre 1995

Dispute

Heureux habitants du Lot et des autres départements français, l'affluence était si grande, ce jeudi-là, dans la salle des audiences ordinaires du tribunal civil de Londres que le juge Anthony Hallgarten dut se transporter un étage plus haut, dans le local plus spacieux qui abrite d'ordinaire les séances solennelles du tribunal. À sa gauche, le plaignant, Michael Goldman, soixante-sept ans, et ses avocats. M. Goldman, qui est retraité, consacre le plus de temps possible à disputer des championnats de Scrabble. Aussi curieux que cela puisse paraître, c'est cette paisible occupation qui l'a conduit devant le tribunal...

Il y a cinq ans, M. Goldman disputait une partie difficile lors d'un championnat organisé à Folkestone, dans le Kent. Les deux matches précédents, engagés à 8 h 30, avaient été serrés. On était au milieu du troisième. Les deux joueurs totalisaient à peu près le même nombre de points, avec un léger avantage à M. Goldman. C'est alors que celui-ci sentit qu'il ne pouvait plus différer de fournir à la nature la réponse à un appel de plus en plus pressant. M. Goldman informa le juge-arbitre qu'il devait impérativement et sans délai se rendre là où il pourrait soulager sa vessie. On lui en donna acte.

M. Goldman mit un certain temps à localiser ce qu'il est convenu d'appeler « les lieux ». Deux congrès se tenaient dans l'hôtel et, lorsqu'il parvint devant la porte marqué « Gentlemen », M. Goldman trouva une file d'attente assez conséquente dans laquelle il prit rang avec patience et civisme, deux qualités bien britanniques. Enfin arriva l'heure du soulagement et M. Goldman put s'en retourner reprendre la partie interrompue.

Lorsqu'il s'assit à la table, l'arbitre lui indiqua que son tour de jouer était perdu, le temps qu'il avait mis à faire ce qu'il avait à faire excédant celui qui lui était imparti pour composer un mot. Nulle protestation n'y fit et, désavantagé d'un tour, M. Goldman perdit la partie et le match. Persuadé d'être victime d'une iniquité, M. Goldman traduisait, ce fameux jeudi, l'association organisatrice du tournoi de Folkestone devant le tribunal. Le juge lui a donné raison. « On ne peut, a déclaré le magistrat, considérer raisonnable un règlement qui oblige des personnes à ne pas pouvoir se soulager pendant une durée aussi longue. » En vertu de cette constatation, le juge Anthony Hallgarten a condamné l'association des joueurs de scrabble à payer la somme de 800 francs de dommages et intérêts à Michael Goldman. On estime que le total des frais engagés par les deux parties s'élève à 100 000 francs. Après avoir lu son jugement, le magistrat a précisé : « Je suis profondément offusqué que de telles affaires viennent devant un tribunal. »

Je vous souhaite le bonjour.
Nous vivons une époque moderne.

29 septembre 1995

L'amour sans fard

Heureux habitants du Gers et des autres départements français, parmi les moyens de trouver l'âme-sœur, celui de la petite annonce confiée à un journal ne doit pas être négligé. En général, il s'agit de textes courts, voire lapidaires et truffés d'abréviations afin de maintenir la facture du message dans des limites raisonnables. « H. 40 bcbg non-fum. cad. sup. ch. J.F. 25-35 célib. sens. aimant mus. et ciné pr bt de ch. ens. » Quoi qu'on en ait, cette écriture hyper-télégraphique aboutit fatalement à une certaine sécheresse qui est en contradiction avec l'objectif recherché.

C'est pourquoi il convient de saluer l'heureux habitant des Alpes-Maritimes qui, ne craignant pas de briser sa tirelire, a passé dans son quotidien favori l'annonce suivante :

« Plus de 50 ans, 1,80, 90 kg, bonne présentation bien que réservé et discret, chaleureux et convivial en milieu approprié, bonne santé, excellent quotient intellectuel, puissance et volonté de travail hors du commun. Grosse situation dans l'industrie et le commerce. Plus autodidacte qu'intellectuel, cartésien et pragmatique à outrance, opportuniste raisonné, perfectionniste avec un sens aigu de la valeur des mots, du comportement, du respect de la parole et des engagements pris et reçus. Ne fait pas et ne dit pas n'importe quoi. Vocabulaire net et précis sans détour ni ambages. Évite les fréquentations non conformes à ses valeurs de référence. Aucune casserole ni passée ni à l'horizon. Marié depuis plusieurs décennies sans ombrage ni de couple ni de famille. À l'aise partout, bien dans sa tête, farouchement indépendant, ne compose pas avec l'ennemi, discute avec l'adversaire, écoute le sage, compose avec l'intelligent, néglige et ignore l'imbécile. Recherche à rentrer en conversation avec dame 30-60 ans à forte personnalité, excluant le superficiel, adhérant totalement à ce qui précède caractéristiquement, situation importante et responsable, moyens physiques, intellectuels et psychiques en harmonie parfaite, situation globale nette et fortement positive, n'a pas besoin d'être remorquée en permanence et dispose des moyens de sa politique générale. Notre relation ne devra pas tourner autour des difficultés autour de l'un ou de l'autre, le loyer, la pension, l'échéance, les enfants, le chien, le chat, etc. Cette annonce ne peut intéresser que très peu de personnes et cela est son but précis. Soyez, madame, précise et très explicite dans votre courrier avec photo. Faute de quoi je ne répondrai pas. En conclusion, vous devez être supérieure à moi car je ne regarde que les sommets, ils sont peu encombrés. Écrire à Havas Nice 52399. »

J'ignore combien de réponses a pu recevoir ce martial annonceur, mais, s'il m'entend ce matin et qu'il a trouvé chaussure à sa pointure, je serais très heureux d'être présenté à l'heureuse élue : j'aimerais savoir comment est faite une dame qui « dispose des moyens de sa politique générale »...

Je vous souhaite le bonjour.
Nous vivons une époque moderne.

2 octobre 1995

Lamento ferroviaire

Heureux habitants de la Vendée et des autres départements français, avec les lettres de plaintes, de colère, de réclamation, de doléance, de grief, de mécontentement, de récrimination ou de vitupération que vous envoyez à la S.N.C.F. et dont vous faites parvenir le double au chroniqueur matutinal de France Inter, on pourrait constituer un fort volume.

Cependant, ces derniers temps, j'avais renoncé à m'en faire l'écho puisque cette entreprise nationale avait manifesté, par voie publicitaire, qu'elle avait conscience de ses faiblesses et que le ferme propos de les corriger animait désormais ses dirigeants... Comme le montrent vos lettres, ces intentions ont manqué du quelque chose qui les aurait transformées en actions. Je n'en prends qu'un exemple parmi tant d'autres : celui d'une auditrice qui, ayant pris un T.G.V. qui devait la déposer à Paris à 23 h 30, n'est arrivée dans la capitale qu'à 2 h 40, ayant donc subi un retard de 3 h 10 pour un trajet qui dure normalement 3 h 30. Elle s'en est formalisée auprès de la S.N.C.F., qui lui a répondu ce qui suit :

« Madame,

« Vous êtes légitimement attachée à des trains qui partent et arrivent à l'heure et c'est aussi un objectif permanent de notre entreprise.

« Pour marquer encore plus notre volonté de vous satisfaire dans ce domaine, nous nous sommes engagés à vous accorder une compensation dont le montant varie selon votre destination et le niveau du T.G.V. que vous avez emprunté.

« Conformément à cet engagement, et dans l'espoir d'effacer le mauvais souvenir que vous pourriez garder de ce voyage, vous trouverez ci-joint le montant de la compensation sous forme de BONS VOYAGE utilisables 1 an pour l'achat de toutes prestations S.N.C.F., hors banlieue de Paris, se décomposant comme suit : 1 bon à 10F. »

On peut s'attacher au fait que 10 francs représentent 1/67e du prix du billet acquitté par ma correspondante. On peut aussi remarquer que cela la rembourse intégralement du timbre qu'elle a dû acheter pour envoyer sa lettre de plainte et lui permet d'en mettre de côté deux autres pour les prochaines fois où elle prendra le train, sans compter qu'avec le franc qui reste, elle pourra s'acheter une chemise en carton dur pour classer sa collection de réclamations.

Je vous souhaite le bonjour.
Nous vivons une époque moderne.

3 octobre 1995

Qu'est-ce que l'oryctérope ?

Heureux habitants des Hauts-de-Seine et des autres départements français, ce miracle nous est désormais familier : vingt-quatre ans après sa mort, Alexandre Vialatte publie encore et même de plus en plus. Comme le Petit Poucet, il avait semé des articles, des chroniques et des billets sur tous les chemins qu'il avait parcourus — et il en avait parcouru, le bougre ! — afin que ceux de ses frères humains qui s'y aventureraient après lui ne se trouvent pas exagérément étonnés par l'absurdité de l'existence.

Cette fois-ci, ce sont les éditions Le dilettante qui ont rassemblé, sous le titre *L'oiseau du mois*, douze articles signés par Vialatte entre 1968 et 1969 dans le magazine *Arts ménagers*. À quel titre peut-on rattacher l'oiseau aux *Arts ménagers* ?, se demandera le lecteur non familier de l'œuvre du grand Alexandre. À aucun titre est la réponse qui convient le mieux et d'ailleurs il n'est, dans cet ouvrage, question d'oiseau que très raisonnablement. Certes, Vialatte confirme l'utilité du corbeau : « En cas d'extrême nécessité, écrit-il, dans des pensions réellement pauvres, on peut le jeter dans une marmite avec des restes d'assiettes sales, de croûtons et de médicaments. Il en résulte un bouillon gris foncé sur lequel se forment des yeux jaunes. » Vialatte établit également que « la chauve-souris se marie à deux ans et qu'elle est impropre au labour ». Il rappelle que « l'oryctérope est le plus rêveur des myrmécophages ». Mais là, il sort de son sujet puisque l'oryctérope n'est pas un oiseau, alors que l'oiseau de malheur, lui, l'est quelquefois et que, toujours selon Vialatte, le bœuf, lorsqu'il avait des ailes, bien avant que le Morvan ne sorte de terre, le bœuf, lui, comprenait le latin classique et enchanta Guillaume Apollinaire, un soir de brume, en Auvergne...

De tous les drôles d'oiseaux, celui qui inspire le plus Alexandre Vialatte est l'homme. Il en a observé plusieurs groupes, au coin de la rue de la Glacière, attendant l'autobus 27. La conclusion de ses observations est indiscutable : « L'homme n'est que poussière. Il relève du plumeau. »

Je vous souhaite le bonjour.
Nous vivons une époque moderne.

4 octobre 1995

Une vie de cochon

Heureux habitants du Bas-Rhin et des autres départements français, il n'est point besoin d'être disciple de Brigitte Bardot la coupeuse d'âne ni d'être un professionnel de la déploration pour reconnaître que les conditions dans lesquelles on transporte les animaux sont très souvent répugnantes : nous en avons mille images.

C'est pourquoi je suis bien aise de vous annoncer que les Suédois proposent désormais un véhicule destiné au transport de ces sympathiques animaux que sont les cochons, et qui leur assure pendant le voyage d'incontestables conditions de confort — je dirai même de bien-être. Certes, le coût de ce véhicule est très élevé : un million trois cent mille francs. Et l'on peut se demander : « Qui paiera ? »

Le consommateur, répondent les Suédois : on pourra en effet lui vendre la viande de cochon plus cher, car, je cite, « un porc heureux est un porc goûteux ». Et, de fait, tout, dans cet onéreux camion, est conçu pour le bonheur du cochon... Je ne parle pas des amortisseurs spéciaux plus doux, disent les protagonistes de ce véhicule, qu'un coussin d'air.

Ces amortisseurs sont la moindre des choses. Jugez plutôt du reste : quatre ventilateurs et trois grilles d'aération au plafond et vingt-quatre bouches d'air latérales assurent à la cabine des porcs non pas une simple ventilation mais une climatisation idéale. Des jets d'eau placés à hauteur du cochon permettent en outre un nettoyage régulier du porc et du camion avec évacuation immédiate des eaux sales. Chaque cochon dispose d'un espace suffisant pour pouvoir effectuer un demi-tour sur lui-même et échapper aux affres traumatisantes de la promiscuité. Si, par malheur, quelque chose venait à ne pas fonctionner ou si tous ces équipements ne procuraient pas aux cochons le bien-être promis, le chauffeur du camion pourrait immédiatement s'en rendre compte et y remédier car un réseau de caméras installé chez les porcs lui permet une information permanente et instantanée.

Je m'offre à militer pour l'adoption de ce système de transport. Je respecte l'animal. J'aime le porc goûteux et enfin, on ne sait jamais, peut-être Air Inter pourrait être impressionné par un tel modèle...

Je vous souhaite le bonjour.
Nous vivons une époque moderne.

5 octobre 1995

Faites des pumas !

Heureux habitants de la Meurthe-et-Moselle et des autres départements français, l'ai-je assez souvent souligné, les doctrines dont Mme Brigitte Bardot s'est faite l'irascible héroïne gagnent chaque jour un peu de terrain et c'est ce qui permet, en Californie et singulièrement dans la région de San Diego, que les pumas pullulent. Une loi ayant interdit de chasser ces animaux carnassiers, le magazine *Science et vie* nous apprend qu'on en dénombre désormais six mille autour de San Diego, soit trois fois plus qu'il y a vingt ans. Or, dans cette partie de la Californie, les hommes — qu'il est également interdit de chasser — sont de plus en plus nombreux à établir leur habitat. Toutefois, ils se reproduisent moins que les pumas puisque leur nombre n'a fait que doubler en vingt-cinq ans. Cette croissance de la population humaine et du milieu urbain qu'elle affectionne a cependant suffi pour réduire le territoire de la population animale sauvage au moment même où celle-ci croissait et se multipliait. Moins de territoire, donc moins de proies et de zones de chasse : les pumas ont les crocs et ils ont tendance à attaquer les humains. C'est la loi de la nature et vous feriez la même chose.

L'un des deux sénateurs de Californie, Tom Leslic, soutient qu'« il est impossible d'aller pique-niquer sans un fusil dans la région de San Diego » et le porte-parole de la National Wildlife Federation reconnaît que « la cohabitation avec de tels fauves devient de plus en plus difficile ». Il ne s'en oppose pas moins à ceux qui souhaiteraient que la chasse au puma soit de nouveau permise. La population semble pencher de son côté. Une mère puma allaitante et affamée a attaqué, tué et un peu mangé une Californienne, d'ailleurs elle aussi mère d'un garçon. Un voisin ayant abattu la femelle puma, deux collectes furent organisées. La première, en faveur de l'orphelin de la Californienne, a rapporté 900 dollars. La seconde, au profit du petit puma sans maman, en a rapporté 21 000.

Je vous souhaite le bonjour.
Nous vivons une époque moderne.

6 octobre 1995

Dura lex

Heureux habitants de l'Ariège et des autres départements français, Maureen Collins, citoyenne britannique âgée de trente-huit ans, souffrait jusqu'il y a peu d'une grave insuffisance rénale. Ses médecins ne voyaient plus d'espoir que dans une greffe. Les meilleures chances de réussite d'une telle opération supposaient qu'Eileen Nicholl, la sœur de Maureen Collins, accepte de faire cadeau de l'un de ses reins à sa cadette. Ce n'est pas en vain que les médecins firent appel à l'amour sororal d'Eileen : le cœur sur la main, elle accorda son rein à sa sœur.

La généreuse donatrice travaillait comme agent commercial dans les bureaux londoniens de la compagnie Air Portugal. Elle avertit qu'à la suite d'une opération chirurgicale de quelque importance dont elle indiqua la raison et le but, elle aurait à s'absenter pendant un mois. L'ablation puis la transplantation du rein eurent lieu dans d'excellentes conditions et, comme prévu, Eileen mit un mois à s'en remettre. Lorsqu'elle rejoignit son poste, tout indiquait que la greffe était un succès et que sa sœur allait pouvoir retrouver une vie normale. On imagine la satisfaction d'Eileen, satisfaction qui fut quelque peu assombrie lorsque, le jour de son retour à Air Portugal, son supérieur l'informa que le service du personnel considérait son absence comme volontaire et motivée par des convenances personnelles et que, par conséquent, le mois de salaire correspondant à cette absence ne lui serait pas versé. De son côté, l'équivalent britannique de notre sécurité sociale informa Eileen que, puisqu'elle n'avait à aucun moment été elle-même malade, il n'y avait pas raison de lui verser des indemnités compensant cette perte de salaire... Interrogé par Eileen, l'Union syndicale du personnel des transports lui répondit que, sur le plan légal, la position de son employeur et celle de la Sécurité sociale étaient irréprochables.

Eileen a démissionné de son poste d'agent commercial. Son employeur s'est déclaré surpris de ce geste. Par ailleurs, on ne peut pas démissionner de la Sécurité sociale, du moins pas en tant que cotisant. Enfin, le chirurgien, auteur de la greffe, a déclaré que, grâce au geste d'Eileen, ladite Sécurité sociale avait économisé environ 750 000 francs de frais de dialyse rénale...

Je vous souhaite le bonjour.
Nous vivons une époque moderne.

9 octobre 1995

L'heure d'avant

Heureux habitants du Tarn et des autres départements français, une auditrice sachant auditer, désireuse de partager ses trouvailles avec les habitués de cette chronique matutinale, et sachant que vous êtes, comme moi, friands des traductions en prétendu français qui courent le monde, me fait part qu'elle a eu le bonheur de passer quelques jours à Madère au moment où l'heure d'été pliait bagage devant l'heure d'hiver. Aussi a-t-elle trouvé dans sa chambre d'hôtel une aimable feuille imprimée disant : « Chers clients, nous vous informons que dimanche il aura une altération horaire. Ce soir on doit faire avant une heure dans la montre. »

À vrai dire, étant un adversaire de l'heure d'été, ne serait-ce que parce que je ne vois pas pourquoi trois crânes d'œuf dans un bureau pourraient décider l'heure qu'il est, je trouve admirable l'expression d'altération horaire. Ça sent la manipulation génétique clandestine, ça trahit une sorte de vandalisme, un sordide jeu de bonneteau avec les fuseaux horaires où il n'y a que des pigeons. N'ayant pas l'âme aussi militante que Mme Brigitte Bardot qui fut récemment reçue par le pape, ce qui prouve que les mères de famille ont tort de s'inquiéter des allures de leurs filles car toute braise tourne en cendres comme dit la sagesse populaire, n'ayant donc pas l'âme aussi militante que Mme Brigitte Bardot, je me rends compte que j'ai un peu négligé, ces derniers temps, ma campagne contre le changement d'heure. Comme je pense qu'il est temps qu'on en finisse et comme, grâce à Dieu, beaucoup de gens croient ce qu'on dit dans le poste, j'avais d'abord pensé, pour porter un coup certes déloyal mais sans aucun doute efficace à cette maudite heure d'été, dire que, selon des études récentes, elle donne le cancer. Le coup ne m'a pas paru seulement bas. Je l'ai trouvé aussi de mauvais goût. Aussi ai-je décidé d'user d'un autre argument et de dire, sans même rougir, que cela est désormais scientifiquement connu : l'heure d'été fait grossir. Son compte est bon !

Je vous souhaite le bonjour.
Nous vivons une époque moderne.

10 octobre 1995

Promenade d'un promeneur

Heureux habitants de la Mayenne et des autres départements français, les grandes manœuvres littéraires de l'automne commencent à faire entendre le bruit de leurs gros sabots, on descend des étagères la casse et le séné pour les étaler à la truelle dans les colonnes des journaux, les critiques sortent leur livrée des grands jours, l'éloge a mauvaise haleine : il y a du Goncourt dans l'air. Il ne faudrait pas que cela vous dégoûte de la littérature. En cherchant un peu, on trouve des livres dont la qualité principale n'est pas de porter la signature du directeur d'un grand quotidien ou de Dieu sait quel autre habitué des sociétés d'admiration mutuelle. Ce n'est pas pour me vanter, mais, ce week-end, j'ai, je crois, déniché l'un des ouvrages habités par un auteur et qui donne l'impression rare d'une rencontre.

Un beau jour, Jean Rolin, romancier assez curieux du monde pour se faire quelquefois journaliste, un beau jour, donc, Jean Rolin décida d'abandonner le domicile absolument pas conjugal où il coulait des jours plus ou moins difficiles à qualifier et il partit droit devant, animé d'une idée simple mais peu répandue : aller voir ce qui se passe tout près de chez lui, à Paris et dans sa banlieue. Jean Rolin se fixa quelques règles : n'emporter que le strict nécessaire, ne pas dormir deux nuits de suite dans le même lit d'hôtel, ne jamais repasser chez lui, ne pas chercher à joindre ses amis, ne pas se rendre dans des endroits familiers... Dans quel but, ce cérémonial ? Dans le but de regarder autour de soi.

Voilà deux jeunes gens que l'amour a foudroyés dans un café et qui, plutôt que de se l'avouer, élaborent un protocole farci de complications. Voici deux dames dont la vie diurne n'est qu'une incessante séance de grattage de ce jeu vilainement baptisé Morpion. Voilà un trimardeur qui échappe avec autant d'aisance au salariat qu'à l'assistance. Voici Stéphane dont le royaume très provisoire sera bientôt mangé par le Grand Stade. Voici un cinéma où il vaut mieux se rendre armé. Voilà deux gosses qui en martyrisent un troisième avec des raffinements chinois. Voici une ville qui vit sous les avions.

Voilà des gens, des bruits, du néon, des sottises imprimées, des couleurs de peaux, des odeurs grasses et humides, des reflets lointains de décisions prises dans un palais national, des vomissures audiovisuelles, des tas d'instants violents ou heureux, dérobés ou subis... Une ombre bourrue armée d'un stylo est passée au milieu d'eux contenant souvent un fou rire et quelquefois un chagrin, timide, ne voulant déranger personne, ni prouver quoi que ce soit. Un homme capable d'un regard, de la grâce d'un regard. Je crois que cela se nomme un écrivain.

Référence du livre ?

Je vous souhaite le bonjour.
Nous vivons une époque moderne.

11 octobre 1995

Complaisances

Heureux habitants de la Haute-Savoie et des autres départements français, sur le seul dos des sourds et des aveugles — pardon, au seul détriment des mal-entendants et des non-voyants —, le gouvernement italien vient, en quelques semaines, de réaliser de substantielles économies. Six mille neuf cent quarante-deux pensions annuelles d'invalidité viennent en effet d'être rayées d'un trait de plume au motif qu'on avait vu les sourds répondre au téléphone et les aveugles remplir les grilles de mots croisés du journal. Six mille neuf cent quarante-deux pensions supprimées pour un total de douze mille sept cent cinquante contrôles, mettons que cela fasse un malade imaginaire sur deux. À ce train-là, l'Italie qui dépense chaque année environ 55 milliards de francs en pensions distribuées à un million cinq cent mille infirmes réels ou prétendus va réaliser de belles économies. Aveugles conduisant des voitures, sourds faisant le standardiste, infirme moteur donnant des cours de body-building, tétraplégique engagé dans les parachutistes et ajoutant sa solde à sa pension, on est ébloui par le culot de nos voisins transalpins. Leur mémoire, en revanche, laisse à désirer. La plupart des invalides et infirmes démasqués par les contrôles ne parviennent pas à se rappeler où ils ont passé la visite médicale qui a authentifié leur malheur. Peut-être l'Italie devra-t-elle distribuer des pensions pour amnésie ?

De tout le dossier de ce qui ne s'appelle plus à Rome qu' « Invalidopoli » par référence à l'appellation de « Tangentopoli » qui recouvrait les affaires de pots-de-vin, le plus savoureux reste le fait qu'en 1991, pour des raisons que nul n'a élucidé, le pourcentage d'invalides dans la population générale a subitement chuté de 12 %. Paniqués à l'idée de voir leur budget et donc leur importance diminuer, les fonctionnaires du département des pensions ont travaillé d'arrache-pied à distribuer des certificats d'impotence et, en 1992, ils avaient vaillamment reconquis le terrain perdu.

Quant au sénateur qui, depuis 1979, tentait d'attirer l'attention de ses collègues parlementaires sur les mœurs des bureaux du ministère de la Santé, il a eu ce joli mot : « Voilà vingt-six ans que je dis au directeur de la Santé que ses fonctionnaires vendent des certificats de complaisance et voilà vingt-six ans que je me heurte à un *mur de gommes...* »

Je vous souhaite le bonjour.
Nous vivons une époque moderne.

12 octobre 1995

Je me regretterai...

Heureux habitants des Pyrénées-Atlantiques et des autres départements français, même le plus rustre d'entre nous l'a entendu dire : la grande affaire de cette fin de siècle, c'est la communication. À en croire ceux qui en vivent, il n'est pas une de nos activités, pas un moment de nos existences qui ne puisse être amélioré, pardon optimisé, par une communication appropriée. La mort elle-même gagne beaucoup à être managée par des communicateurs et une agence spécialisée distribuait l'autre jour des prospectus à l'occasion d'un colloque de retraités : « Avec nous, proclame le prospectus, partez en paix. »

En paix et même en gloire car, ce que proposent ces communicateurs *post mortem*, c'est de « personnaliser votre discours de service funèbre ». Vos héritiers, vos proches, vos collègues de bureau se sont-ils aperçus de vos éminentes qualités, des traits originaux de votre caractère, des vertus remarquables que vous avez pratiquées ? Sans doute pas : vous savez combien les gens sont peu attentifs aux autres. Alors, plutôt que de quitter cette vallée de larmes dans l'anonymat, confiez la charge de votre souvenir à cette agence spécialisée. Avec vous, « elle retrace les grands événements de votre vie et rédige le discours qui sera prononcé sur votre tombe. Ainsi, de votre personnalité et de votre destin, vos proches conserveront et transmettront le souvenir que vous souhaitez leur laisser ». Votre première communion peut devenir un haut moment de la spiritualité du XXe siècle, votre service militaire dans l'intendance à Saint-Rémy-les-Deules prendre des allures d'épopée, votre mariage avec la fille des voisins engrossée à l'étourdi un soir de bal ressembler à la rencontre de Philémon et Baucis. Votre baccalauréat mention passable aura été conquis à force de veilles studieuses, votre entrée comme actuaire au Crédit départemental se sera effectuée au son des trompes et des buccins, les voyages organisés de vos vacances auront traduit votre soif de découvertes et d'aventures, et même votre retraite forcera à évoquer la sagesse des anciens Romains dédaignant les vains bruits du monde pour se préparer à rejoindre leurs ancêtres.

Les thanato-communicateurs s'offrent à rédiger votre éloge funèbre pour la modeste somme de 9 000 francs. Je gage que les clients vont les assaillir car, s'il est une chose qui survit à notre disparition, ce doit bien être notre vanité...

Je vous souhaite le bonjour.
Nous vivons une époque moderne.

13 octobre 1995

Réincarnations de Lucifer

Heureux habitants de la Marne et des autres départements français, l'émirat du Koweit a redouté naguère d'être asservi par Saddam Hussein. Selon M. Metheb al-Matiri, membre du Comité du monde islamique à Koweit City, les habitants de l'émirat ont aujourd'hui un autre adversaire à craindre, tout aussi menaçant, même s'il est plus insidieux. Cet adversaire, vous ne l'auriez pas deviné, c'est Popeye.

M. Metheb al-Matiri et ses amis fondamentalistes sont sortis de leurs gonds après que la télévision koweitienne a diffusé un dessin animé mettant en vedette le célèbre marin, dessin animé si animé qu'on y voyait « Popeye envoyer une œillade passionnée à Olive Oyl avant de la serrer fougueusement sur son cœur ». M. Metheb al-Matiri a qualifié une telle scène de démoniaque, tout comme doivent être à ses yeux considérées comme démoniaques les aventures de Tom et Jerry. On y voit en effet à plusieurs reprises la bonne et la mauvaise conscience du chat et de la souris représentées par un ange ou un diable qui ont les mêmes apparences que Tom ou que Jerry, c'est-à-dire une apparence animale. À ce blasphème s'en ajoutent mille autres comme par exemple celui qui consiste à représenter la mort sous les traits d'un chien noir. De telles représentations ont, selon M. Metheb al-Matiri, « une influence satanique sur les enfants ».

Le gouvernement du Koweit, soumis à une constante pression des fondamentalistes visant à l'interdiction de *Popeye* et de *Tom et Jerry*, a affirmé que ses principes les plus sacrés lui interdisaient de pratiquer la censure. Cependant, le haut fonctionnaire chargé de la tutelle de la télévision a déclaré qu'il allait recommander que ladite télévision renonce à la diffusion de ces dessins animés non pas en raison de leur contenu prétendument blasphématoire mais « à cause du caractère peu réaliste des personnages et des situations développées ». Tout en admirant cette dialectique, on se prend à rêver, si Popeye est démoniaque, à l'adjectif que M. Metheb al-Matiri utiliserait pour qualifier les aventures du loup de Tex Avery.

Je vous souhaite le bonjour.
Nous vivons une époque moderne.

16 octobre 1995

Subtilités

Heureux habitants de la Drôme et des autres départements français, la Royal Shakespeare Company est une institution théâtrale britannique aussi vénérable dans son pays que la Comédie-Française dans le nôtre. L'une et l'autre ne se soucient pas seulement d'interpréter le répertoire : elles s'efforcent d'y intéresser les jeunes gens et notamment ceux qui considèrent le théâtre comme un art suranné et bourgeois. Dans cette perspective, la Royal Shakespeare Company vient de prendre une initiative qui pourrait faire école.

Afin d'attirer un nouveau public aux représentations de *Coriolan*, œuvre dont le protagoniste est le fameux et vindicatif général romain, les services du marketing de la Royal Shakespeare ont fait imprimer une affiche peu habituelle. On y voit en gros plan la figure ensanglantée et tordue de fureur de l'acteur qui interprète le rôle titre et, dans le coin supérieur gauche, on peut lire : « Coriolan : lui aussi était un tueur-né ». Le commanditaire de l'affiche ne fait aucune difficulté pour reconnaître qu'il s'est inspiré du film de Quentin Tarantino *Reservoir Dogs*, où l'on crawle littéralement dans l'hémoglobine. Son initiative a été couronnée de succès puisque *Coriolan* s'est joué à guichets fermés, ce qui, paraît-il, n'était jamais arrivé pour cette pièce. En outre, les spectateurs de moins de vingt-cinq ans ont été 11,5 % plus nombreux que pour les autres œuvres de Shakespeare.

Encouragée par ce succès, la Royal Shakespeare a fait réaliser une affiche de la même farine pour l'adaptation du *Faust* de Goethe. On y voit Faust, Marguerite et Méphisto en costumes d'aujourd'hui. Leurs photos sont disposées comme sur la pellicule d'un film et trois phrases les barrent : « C'est tentant ! C'est délicieux ! Ça n'arrive qu'une fois dans une vie ! » Et un slogan conclut : « Cette histoire est d'enfer ! »

Interrogé sur la possibilité d'utiliser cette façon d'attirer le chaland pour toutes les pièces du répertoire, le responsable du marketing de la Royal Shakespeare Company a déclaré : « Dans certains cas, nous aurons plus de mal. J'ai déjà pensé à une formule générique qui pourrait nous amener du monde : il suffirait d'imprimer sur les affiches : "Cette pièce contient certaines scènes qui peuvent heurter les personnes sensibles." » Après tout, il y a aujourd'hui tant de sensibilité.

Je vous souhaite le bonjour.
Nous vivons une époque moderne.

17 octobre 1995

Tel qu'on le parle

Heureux habitants des Hautes-Alpes et des autres départements français, c'est une bien belle chose que la culture et je me demande quelquefois si nous avons suffisamment conscience de la chance qui est la nôtre de vivre une fin de siècle inondée de ses bienfaits. Prenez par exemple les naturels de Mortagne-au-Perche, charmante cité du département de l'Orne dont je salue les heureux habitants. Mortagne-au-Perche, en dépit de ses quatre mille cinq cent quatre-vingt-quatre habitants, jouit d'un Centre national des arts et d'un Théâtre national du Perche. Ensemble, et soutenues par le Théâtre 95 de Cergy-Pontoise, ces divinités laïques culturelles produiront l'an prochain un « événement » baptisé « Pique-nique à Mortagne-au-Perche ». Je n'ai pas tout à fait saisi la nature exacte de cet événement, mais je considère le texte qui le présente comme le chef-d'œuvre absolu et toutes catégories de la littérature culturelle qu'il m'ait été donné d'avoir sous les lunettes depuis au moins un lustre. Je vous le livre sans en changer une virgule :

« Cette expérience de transversalité multi-culturelle, mais aussi de “déterritorialisation” sémantique, prolonge un travail sur l’errance déjà entrepris les années passées. Art du voyage, Voyage de l’art : le pique-nique à Mortagne s’émancipe des formes sociales ou esthétiques caduques, en explorant l’espace inviolé de l’anonymat. Faisant foin des conventions régnantes, cet *acting out* culturel renoue avec l’Imaginaire utopisant qui, dans la seule phrase : “Mortagne ne peut être seulement une vague espérance”, déborde, transcende les codes établis, et investit d’une dérangeante énergie le potentiel festif en nous réprimé.

Mortagne ne peut seulement être conçue comme l’apex d’une fusion cosmique, ou romantique, entre la conscience et le monde, il s’offre avant tout comme l’ineffable de l’horizon chimérique. Il serait en effet insuffisant de réduire à la convergence unitaire cette ville, cette fabrique de boudin, la patrie du philosophe Alain, ou cette figure emblématique du Perche, car la pluralité exponentielle des facettes mortagnaises interdit à jamais clôture et forclusion. La mise en chantier scénographique, mobile et dynamique, de cette tentative hors limites inscrite dans l’espace naturel percheron, transcendera ce happening hautement collectif et garantira aux “pique-niqueurs” une qualité d’affects et d’émotions que le tourisme vulgaire interdit...

Joël Dragutin, en nous conviant à ce pique-nique original, prend un risque majeur. En effet, cette tentative d’écriture spatiale et in situ sur la saturation du “vague” dans l’espérance, ou au contraire de l’hyper-consistance du réel mortagnais dans une société qui perd peu à peu ses repères, est à n’en point douter une transgression pour le moins osée ! Souhaitons que "Pique-nique à Mortagne" engagera l'acteur/spectateur bien au-delà de son rôle traditionnel. Et cela constitue pour nous l'objectif essentiel de l'aventure à laquelle vous êtes conviés chaleureusement. »

Après un tel texte, seul le silence peut être à la hauteur sémantique requise.

Je vous souhaite le bonjour.
Nous vivons une époque moderne.

18 octobre 1995

Luttes intestines

Heureux habitants des Landes et des autres départements français, que penseriez-vous d'un être ou plutôt d'un groupe d'êtres qui aurait à son actif chaque année le meurtre de deux cent quarante-deux millions d'oiseaux et de rongeurs ? Vous n'auriez pas, j'en suis sûr, de mots assez sévères pour qualifier de tels émules de Gengis Khan. Eh bien ces féroces massacreurs, ce sont ceux-là mêmes dont le nom nous sert si souvent à exprimer notre affection aux êtres aimés : ce sont les chats. Du moins les chats britanniques, les sept millions et demi de raminagrobis d'outre-Manche dont chacun a, en moyenne, trente-deux victimes à son actif.

Tels sont les résultats de l'étude réalisée par le professeur Nick Fox à la demande de la Société royale pour la protection des oiseaux. L'homme est, à côté du chat, une fontaine de bonté. À la chasse, il ne tue que vingt-trois millions d'oiseaux et de lapins en un an. Il n'en empoisonne que vingt millions. Il n'en piège que dix millions, enfin si l'on additionne tous les moyens par lesquels l'homme fait périr ces petites bêtes, on arrive au total de cinquante-quatre millions de victimes, quatre fois et demi moins que celles dues à la cruauté des chats. Je dis bien la cruauté car le professeur Fox souligne que le chat ne se contente pas d'occire, il aime à jouer avec la souffrance des malheureuses créatures tombées dans ses rets. Un chat, souligne notre chercheur, met six fois plus de temps à tuer sa proie qu'un faucon et trois cents fois plus qu'un chien.

La ligue pour la protection des chats n'a pas tardé à répliquer aux recherches publiées par la ligue de protection des oiseaux. Au vrai son argumentation est d'abord restée assez faible. Sans contester les chiffres publiés, les amis des chats se sont contentés de remarquer que « rien ne prouve que l'on puisse parler de cruauté à propos du jeu que les chats pratiquent avec leurs proies et, d'ailleurs, nous en sommes désolés ». « La désolation des amis des chats est une mince consolation pour les victimes de la gent féline », a rétorqué le professeur Fox. À court d'arguments, le porte-parole de la ligue pour la protection des chats n'a su que répondre : « De toute façon, Hitler et Staline détestaient les chats. »

On en est là, mais on attend impatiemment la suite. Soyons même précis : on se demande avec curiosité dans quels rangs la guerre entre les amis des chats et les protecteurs des oiseaux fera sa première victime. C'est comme ça : l'homme a une mauvaise nature et le chroniqueur matutinal, c'est encore pire.

Je vous souhaite le bonjour.
Nous vivons une époque moderne.

19 octobre 1995

De mort naturelle

Heureux habitants du Loir-et-Cher et des autres départements français, ce n'est pas tous les jours que l'on a de bonnes nouvelles à annoncer à ses auditeurs, aussi me pourléché-je les babines de celle que je vais vous bailler ce matin. Figurez-vous qu'un citoyen suédois, M. Bo Jakobsson, vient de faire faire un progrès décisif à la protection de l'environnement. Pauvre environnement malmené par l'homme ! Quand ce n'est pas le méthane qui l'empoisonne, c'est le mercure qui l'infecte et quand ce n'est pas le mercure qui l'infecte, c'est le plomb qui le contamine. Halte au plomb ! s'est exclamé M. Bo Jakobsson qui jouit du titre prestigieux de tireur d'élite et qui a mis au point une balle en alliage de *tellurium* et de cuivre qui contient quatre cents fois moins de plomb que les munitions traditionnelles. Le magazine *New Nordic Technology* qui rapporte cette invention la qualifie « projectile vert » ou encore « munition respectueuse de l'environnement », en anglais « environmentally friendly ».

M. Bo Jakobsson a reçu le soutien du Comité suédois pour le développement industriel et technique et il a précisé que son invention était valable pour l'usage militaire comme pour l'usage civil. « Nul doute, écrit *New Nordic Technology*, qu'il existe un énorme marché pour des munitions plus respectueuses de l'environnement. » Nul doute, en effet, et les différentes parties aux prises en Bosnie-Herzégovine auraient sûrement eu à cœur de ne s'entre-tuer qu'avec des balles pauvres en plomb. On voit par là le champ d'application étonnant des progrès puisque, si l'écologie avait, jusqu'à l'invention de M. Bo Jakobsson, l'ambition d'améliorer la qualité de la vie, elle dispose désormais des moyens de transformer la mort violente en mort naturelle ou, en tout cas, en mort respectueuse de l'environnement.

Je vous souhaite le bonjour.
Nous vivons une époque moderne.

20 octobre 1995

Cabinet maigre

Heureux habitants de l'Allier et des autres départements français, le premier ministre l'a dit et même répété : le gouvernement doit prendre un nouveau départ. S'il doit prendre un nouveau départ, c'est qu'il a raté l'ancien, celui qui a été donné lors de sa formation en mai dernier. S'il a raté son précédent départ, le gouvernement doit en connaître clairement les raisons afin de réussir son nouveau départ. S'il veut connaître clairement les raisons de l'échec de son premier départ, le gouvernement, s'il m'en croit, s'adressera à M. Jean-Louis Bourlanges. M. Jean-Louis Bourlanges est, sous la bannière de l'U.D.F., conseiller régional de Haute-Normandie et parlementaire européen. Bien qu'ancien élève de l'E.N.A., M. Bourlanges est doté d'un fort esprit critique et ne craint pas de l'exercer au détriment de sa propre famille politique. J'ajoute à ce dithyrambe que M. Bourlanges est un homme d'infiniment d'esprit, c'est pourquoi je ne m'étonne pas qu'il ait découvert la principale raison du mauvais départ du gouvernement. M. Bourlanges en a fait la confidence à mon confrère Nicolas Énard, de l'hebdomadaire *Le nouvel économiste.* « Regardez l'Élysée et Matignon, a suggéré le député au Parlement de Strasbourg : rien que des ventres plats, des fans de jogging et de yaourts allégés, des gens affamés, nerveux, insomniaques. C'est évident : ce gouvernement manque de gros. »

La justesse de cette remarque ne peut que frapper quiconque observe la photographie officielle des membres du cabinet Juppé prise sur les marches de l'Élysée. Il existe des cabinets fantômes, celui-là est un cabinet squelette. M. Jospin, d'ailleurs, devrait lui aussi tirer profit des conseils de M. Bourlanges. Le nouveau premier secrétaire du Parti socialiste a annoncé qu'il instaurerait progressivement dans sa formation une répartition des responsabilités qui soit égalitaire quant à sa répartition par sexe. Tant qu'à instituer des quotas, que M. Jospin songe à assurer aux gros la part qui revient à leur sagesse et à leur bonasserie légendaire. Et comme je sens que Mlle Martin va me demander si je plaide pour ma chapelle, je la devance et réponds que non : ma minorité persécutée à moi est celle des gauchers contrariés et je crains qu'elle ne s'éteigne avant d'avoir réussi à obtenir un quota et un statut.

Je vous souhaite le bonjour.
Nous vivons une époque moderne.

23 octobre 1995

Ancienneté des bureaux

Heureux habitants du Morbihan et des autres départements français, la technostructure, a dit en substance le président de la République, conduira le pays à sa perte. Mais qu'est-ce que la technostructure, comment fonctionne-t-elle et quel mal répand-elle dans la société ? J'ai trouvé, je crois, la réponse à ces questions dans un texte de 1798, que j'extrais du *Nouveau Paris* de Louis-Sébastien Mercier et qui traite des bureaux et de leur poids.

« Il n'y a personne qui n'ait eu à se plaindre soit de l'insolence, soit de l'ignorance, soit de la multitude des commis employés dans les bureaux à tailler des plumes et à obstruer la marche des affaires.

« Jamais la bureaucratie ne fut portée à un point plus exagéré, plus dispendieux, plus fatigant. Jamais les affaires n'ont autant langui que depuis la création de cette armée de commis, qui sont au travail ce que les valets sont au service. Les consignes, les règlements, les enregistrements, les formalités de toute espèce ont été multipliés avec tant de profusion et si peu de discernement que bien des gens, dégoûtés d'attendre leurs pensions et de solliciter leurs affaires, ont pris le parti d'y renoncer.

« Cette manière d'administrer par les agences, les commissions, les bureaux et les commis, a non seulement troublé l'ordre civil, mais a démoralisé l'administration, en la surchargeant d'une foule de sots, d'ignorants [...], qui ont pris leur faim pour du zèle, et leur zèle pour du talent ; en donnant des exemples scandaleux et fréquents de fortunes rapides et monstrueuses entre les mains les plus viles, les plus ineptes ou les plus perfides ; en multipliant dans les agents du gouvernement les moyens de corruption et les objets de cupidité ; en ouvrant de nouvelles issues à l'intrigue, à la cabale, à l'astuce, à l'immoralité, aux spéculations infâmes de l'agiotage [...] ; en semant de nouveaux obstacles les avenues de la justice et le retour si désiré des lois. [...]

« Les commis, les papiers, les détails ont tout absorbé. Le commis, secrétaire ou greffier de la plus obscure pétaudière, nommée comité, est environné de plus de liasses, est plus affairé, plus important que jadis le ministère de la Guerre. [...] Quand le premier pas est fait en ce genre, les abus vont toujours croissant, les détails ne finissent plus ; chacun de ces détails demande un homme, parce que chaque homme demande une place.

« Les papiers et les bureaux se multiplient à l'infini. Il faut des commis aux détailleurs, des expéditionnaires aux commis ; et cela se subdivise encore, parce que les détailleurs font les détails, les affairés font les affaires, et les écrivains font les écritures. [...] Voilà les abus que le gouvernement se propose de réformer. »

Est-il réconfortant de savoir que la modernité de l'époque est si ancienne ? Ce serait plutôt une bonne raison d'en changer.

Je vous souhaite le bonjour.
Nous vivons une époque moderne.

24 octobre 1995

Charité bien calculée

Heureux habitants de l'Oise et des autres départements français, à peine avait-on appris que Benito Mussolini nourrissait une telle passion pour *Blanche-Neige et les sept nains* qu'il se faisait projeter ce dessin animé en privé à chaque occasion, que la compagnie Walt Disney annonçait une initiative qui n'aurait sans doute pas enchanté le Duce. En effet, la firme qui exploite sous cent formes diverses cette poule aux œufs d'or qu'est devenue la souris Mickey a décidé de prendre en charge aux États-Unis les frais d'assurance-maladie des compagnons et compagnes homosexuel(le)s des membres de son personnel. Ces compagnons et compagnes, baptisés du nom poétique de « partenaires domestiques », pourront profiter des effets de cette décision à partir du 1er janvier prochain.

Cette annonce a provoqué des réactions diverses, dont de nombreuses résolument hostiles. Cependant, c'est un représentant d'une association d'homosexuels qui en a exprimé le commentaire le plus critique. Il a en effet été le seul de tous les commentateurs à remarquer que, si désormais les concubins homosexuels pouvaient profiter d'une assurance-maladie payée par la compagnie Walt Disney, cette même compagnie refusait le bénéfice de la même prise en charge aux concubins hétérosexuels de ses employés. « Nous déplorons cette discrimination », a déclaré Franco Guillini sans doute secoué d'un fou rire intérieur. Puis il a ajouté : « Cette discrimination s'explique sans doute par le fait que les couples hétérosexuels non mariés ne représentent pas un marché aussi important que les couples homosexuels. »

Une époque moderne, avez-vous dit ?
Je vous souhaite le bonjour.

25 octobre 1995

Position dominante

Heureux habitants du Maine-et-Loire et des autres départements français, on a beaucoup parlé, ces derniers mois, et encore ces derniers jours, du délit d'ingérence devenu délit de prise illégale d'intérêt et, armé de l'article du Code qui définit cette infraction, maints juges ont cherché — et trouvé — maints poux dans la tête de maints hommes politiques, y compris des plus chauves, tandis que le chœur des journalistes entonnait le refrain du scandale. Je pensais à ces récents événements et à ces récentes clameurs en refermant, après en avoir lu la dernière page et même les autres, le roman que M. Franz-Olivier Giesbert, directeur du *Figaro*, a publié cet automne. C'est un livre fade et pesant. Fade parce qu'il n'est habité par personne et pesant parce que l'application à imiter la grande tradition française qui chemine plus ou moins droit de Balzac à Mauriac donne en permanence l'impression qu'on a sous les yeux non pas un roman mais une dissertation. Une dissertation rédigée par un élève trop sûr de plaire et qui n'aurait révisé que la veille, ce qui donne à certaines descriptions rurales l'allant et la spontanéité de prospectus touristicoethnologiques comme il en fleurit dans les syndicats d'initiative depuis que la vérole de la communication s'y est mise et que la langue de bois y prospère.

Bon, mais qu'a tout cela à voir avec l'ingérence et la prise illégale d'intérêt dont on fait grief à bon droit à des éminences de la politique ? Simplement ceci : que le jury du prix Goncourt nous prépare depuis plusieurs semaines à l'idée qu'il va attribuer sa récompense au directeur du *Figaro* et pour ce roman. Je n'ai pas dressé un compte exact des jurés du Goncourt qui sont occasionnellement ou de façon permanente salariés par *Le Figaro*. Je n'ai pas l'esprit assez misanthropique pour penser que le traitement réservé par *Le Figaro* aux livres que publient, qu'ont publiés ou que publieront bientôt les jurés du prix Goncourt a, a eu ou aura un quelconque rapport avec leur tout prochain vote. Je ne suis pas assez sot pour ignorer qu'il est déjà arrivé au Goncourt de prendre une vessie pour une lanterne, voire pour un phare. Mais je suis certain que la décence commande que le directeur d'un quotidien ne soit candidat à aucun prix et que la probité exige que les jurés d'un prix comme le Goncourt ne courbent pas aussi éhontément une échine même très souple.

Je ne dis pas ça parce que je suis en colère, ni même pour montrer que je souffre de témérité et que je me fiche des représailles, mais simplement parce qu'à observer combine après combine, on finit par avoir le sentiment d'étouffer.

Je vous souhaite le bonjour.
Nous vivons une époque moderne.

26 octobre 1995

Sagacité des experts

Heureux habitants des Yvelines et des autres départements français, on a coutume de penser que les pays latins sont plus fertiles en grandeurs de toutes sortes que les nations septentrionales et que cette règle est encore plus exacte lorsque ces pays latins sont grecs. Cette vérité souffre des exceptions, nous l'allons montrer tout à l'heure. Les autorités de l'île de Man qui se situe quelque part entre nous et la Grande-Bretagne, les autorités de l'île de Man, donc, se sont inquiétées des ravages causés à l'agriculture locale par la prolifération incontrôlée des lapins.

Sensibles aux plaintes incessantes des paysans et convaincues de leur bien-fondé par une observation intensive des cultures, ces autorités ont déclaré la chasse aux lapins ouverte en permanence et ont promis qu'elles paieraient une récompense d'environ 3 francs pour chaque queue de cet animal qui serait apportée aux représentants du ministère de l'Agriculture.

La première semaine, on en compta huit cents. Deux mois plus tard, les queues de lapins avaient coûté neuf cent mille francs aux finances publiques, ce qui supposait un massacre de trois cent mille bêtes. Les autorités s'émurent non du massacre mais de la ponction qu'il opérait dans leurs caisses. Elles décidèrent une enquête. Celle-ci mit en évidence que des insulaires dépourvus de probité s'étaient mis en cheville avec des bouchers du continent et leur avaient acheté pour rien des dépouilles de lapins qu'ils revendaient pour quelque chose aux fonctionnaires de l'agriculture. On apprit même des stratagèmes encore plus ingénieux : un gang d'adolescents sans doute pervertis par la lecture de bandes dessinées se constitua en réseau de voleurs d'ours en peluche. Après avoir privé les tendres compagnons de leurs jeunes frères et sœurs de leur appendice caudal, ils taillaient celui-ci avec des ciseaux dérobés à leur mère afin de lui donner les apparences d'une queue de lapin.

Outre cet indice indiscutable d'une baisse de la moralité dans les îles Britanniques, il est préoccupant de noter que, jusqu'à l'enquête dont j'ai parlé, les fonctionnaires de l'Agriculture n'y avaient vu que du feu et avaient payé rubis sur l'ongle la peluche au prix du lapin.

Je vous souhaite le bonjour.
Nous vivons une époque moderne.

27 octobre 1995

La gloire du cancre

Heureux habitants de la Martinique et des autres départements français, ce n'est pas le moindre des bonheurs du chroniqueur matutinal que d'être secondé, secouru, soutenu, sustenté même par un invisible réseau d'auditeurs sachant auditer et qui ne sauraient observer un symptôme de la modernité de l'époque sans me confier immédiatement le soin de le faire connaître à la généralité de ceux dont France Inter aide la levée du corps, anime le huis clos des salles de bains ou égaie les sempiternels embouteillages.

Ce n'est pas pour me vanter mais, dans ce réseau précieux, je compte nombre de confrères de la presse quotidienne régionale et, marchant à leur tête, une plume dont le nom est honoré, comme *Panisse*, par les lecteurs du *Provençal*, j'ai nommé Jean Contrucci. C'est à sa vigilante camaraderie que je dois cette histoire aussi vraie que la vérité et qui vient de se passer à Marseille dans la classe de quatrième 3 d'un collège situé dans le quartier jadis maraîcher de Saint-Barnabé. En classe d'histoire, le professeur a décidé d'une interrogation surprise.

Elle portera sur Yalta et le partage du monde. L'une des questions est ainsi formulée : sur le cliché pris à l'issue de la conférence, aux côtés de Franklin Roosevelt, Winston Churchill et Joseph Staline, on ne voit pas le général de Gaulle. Pour quelle raison ?

Dans tous les départements, dans toutes les villes, dans tous les villages, chaque classe a son cancre. Mais à Marseille, nous savons depuis *La gloire de mon père* que la tradition oblige le cancre à pallier son ignorance grâce aux ressources de cette imagination particulière aux Provençaux et qui mélange l'effronterie, la croyance dans la bienveillance des dieux, une sorte particulière de logique et les dehors de l'innocence la plus candide. Dans le droit fil de cette tradition, le cancre de la quatrième 3 a répondu : « On ne voit pas le général de Gaulle parce que c'est lui qui prenait la photo. »

Dieu protège cet enfant !

Je vous souhaite le bonjour.

30 octobre 1995

Postérité de M. Prudhomme

Heureux habitants du Territoire-de-Belfort et des autres départements français, on sait que le niveau monte, mais sait-on lequel ? Un auditeur sachant auditer et professant l'économie à la faculté de droit de Paris X-Nanterre, établissement où j'ai moi-même acquis une partie de mon ignorance, un auditeur donc a eu récemment à corriger un examen blanc portant sur les principaux problèmes du Tiers-Monde. Il me prie de vous faire part de la perplexité dans laquelle l'a plongé cet exercice.

D'abord, en lisant cette définition : « L'expression Tiers-Monde nous a été soumise dans les années soixante-dix. Comme son nom le laisse deviner, il regroupe un tiers des pays du monde. » « Il vaut mieux éviter de leur prêter de l'argent, souligne un étudiant, car ils ne le rendent pas. Et pourtant, étant souvent dans l'hémisphère sud, ils bénéficient du soleil... »

Ce manquement à la théorie des climats est exprimé par un autre potache : « Pour certains pays tels que l'Inde, la pauvreté y est pour ainsi dire naturelle de par leur religion contemplative. » Et un autre surenchérit : « À cela s'ajoute l'analphabétisme, puisque trois adultes sur dix est analphabète. » On trouve un étudiant encore plus pessimiste : « Cette fin de siècle semble aspirée dans une spirale accélératrice, où, plus vite que jamais, entreprises comme nations voient leur économie s'effondrer de façon inexorable alors que d'autres deviennent coutumières de taux de croissance élevés. » Quant à l'agriculture, « des conditions climatiques catastrophiques entre la sécheresse et les tempêtes de pluie rendent impossible de la mener à son therme » (avec un *h* à therme pour souligner l'humidité de la pluie).

Ne croyons pas cependant que la raison, le bon sens et la justesse de vue ont déserté les bancs des amphithéâtres d'économie de l'Université Paris X-Nanterre. Il me semble même que l'on devrait inscrire au fronton de la F.A.O. et du ministère de la Coopération cet aphorisme tombé d'une des copies de mon correspondant : « Le problème majeur du Tiers-Monde, c'est que le niveau de pauvreté est bas. »

Je vous souhaite le bonjour.
Nous vivons une époque moderne.

31 octobre 1995

Fortune de mer

Heureux habitants de la Savoie et des autres départements français, quoi de plus réjouissant que le malheur d'autrui ? Il relativise le nôtre et, pour un peu, il ferait apparaître notre vie comme la traversée d'un jardin de roses. Soyons donc reconnaissants au commandant Pat Watson, officier retraité de la marine marchande britannique qui ne répugne pas à louer ses services de temps à autre et à conduire un navire du port où il a été vendu au port où il doit désormais être à l'amarrage.

C'est ainsi que le commandant Watson, à la demande de Charles de Chair, esquire, quitta l'île de Wight sur la passerelle du *Maplin*, un bâtiment de cent tonneaux à destination de Brigtlingsea dans l'Essex. Le premier jour, entre Folkestone et Douvres, les garde-côtes reçurent un message du *Maplin* indiquant que le bateau dérivait dangereusement vers des récifs à la suite d'une panne de sa boîte de transmission. On le remorqua à Douvres, on répara et le *Maplin* reprit la mer. Pendant quatre jours, on n'eut plus de ses nouvelles. C'est qu'il s'était égaré. Les garde-côtes de Sheerness ne l'apprirent qu'à la dernière minute, en recevant un S.O.S. du *Maplin* à court de fuel. Le lendemain, alors que le navire voguait vers Foulness, un câble se détacha, se prit dans l'hélice et fut cause de l'intervention d'une vedette de sauvetage en mer. Le jour suivant, le *Maplin* s'échoua sur un banc de sable et la même vedette dut l'en tirer. Le soir, le commandant Watson fit jeter l'ancre pour la nuit à quelques encablures de la côte. À la suite d'une erreur de calcul, le *Maplin*, surpris par la marée, se réveilla sur le sable et sur le flanc. Avec l'aide des garde-côtes et de la marée montante, l'incident fut surmonté.

C'est alors que le propriétaire Charles de Chair, esquire, à bord depuis l'île de Wight, demanda à être déposé à terre. Au moment où il quittait le *Maplin*, une manœuvre tout à fait inattendue du commandant Watson coinça Charles de Chair, esquire, entre la coque de son bateau et le quai de telle sorte que ses deux hanches furent brisées. Charles de Chair, esquire, eut encore la force de prier le commandant Watson de quitter à tout jamais la passerelle du *Maplin* et de déclarer aux journalistes qu'il n'était pas sûr d'avoir eu une bonne idée en s'offrant à lui-même le *Maplin* pour son anniversaire. « Et quand tombe votre anniversaire ? interrogèrent mes confrères. — Aujourd'hui », répondit-il tandis que son ambulance démarrait.

Je vous souhaite le bonjour.
Nous vivons une époque moderne.

1er novembre 1995

Le chien d'Alcibiade

Heureux habitants du Val-d'Oise et des autres départements français, les amis des animaux que nous nous réjouissons de compter en grand nombre parmi nos auditeurs devraient ranger dans leur portefeuille, à côté de la photo de leur bête favorite, le portrait de mon rédacteur en chef, M. Patrice Louis, qui n'en est pourtant pas une mais qui, non content de chérir un chat nommé Sardanapale en mémoire du tyran débauché de l'Assyrie, étend son affection et sa protection à des animaux disparus comme le chien d'Alcibiade, le lion d'Androclès, l'âne de Buridan, le pourceau d'Épicure, le canard de Robert Lamoureux et même la méduse du radeau...

Je m'explique : mon rédacteur en chef, M. Patrice Louis, qui termine sa journée de travail à neuf heures du matin jouit de substantiels loisirs. Tout imprégné de l'esprit du service public, il les consacre à l'édification des générations futures et à la consolidation du savoir des générations actuelles. C'est pourquoi il publie aux éditions Arléa sous le titre *Du bruit dans Landerneau* un ouvrage consacré à l'origine et au sens des expressions, locutions et formules qui utilisent un nom propre. Pourquoi dit-on « embrassons-nous, Folleville » et à quelle occasion doit-on placer cette réplique d'une pièce de Labiche ? Pourquoi tombe-t-on « comme à Gravelotte » ? À qui fit-on, pour la première fois, « une conduite de Grenoble » ? Et pourquoi Artaban, sixième du nom, aurait moins fait le fier s'il avait prévu la flèche du Parthe ?...

De mon rédacteur en chef, M. Patrice Louis, je connaissais la main de fer dans un gant de crin. Elle m'inspirait déjà une crainte révérentielle. L'étendue de son érudition et la minutie de ses exposés ajoutent désormais à ce sentiment celui de la considération. De Margot, par exemple, celle que les auteurs abondants et peu scrupuleux savent faire pleurer, Patrice Louis connaît le nom de famille, le lieu de naissance, la profession et même l'adresse à Paris. De l'Oncle Sam, il révèle la véritable identité ; du Bébé Cadum, il dévoile le charmant prénom : Arsène. De Superman, il n'ignore rien : pas même la taille ni le poids. C'est d'ailleurs en le lisant que j'ai appris que le super-héros américain mesurait un centimètre de moins que moi et pesait deux kilos de plus : ce qui explique qu'au respect et à la considération que je porte à mon rédacteur en chef M. Patrice Louis, s'ajoute désormais la reconnaissance...

Je vous souhaite le bonjour.
Nous vivons une époque moderne.

2 novembre 1995

Lénine empaumé

Heureux habitants de la Guadeloupe et des autres départements français, tandis que les opposants sérieux à Boris Eltsine semblent éprouver quelques difficultés à faire inscrire leur candidature à l'élection présidentielle, de nombreux et nouveaux petits partis font enregistrer sans problèmes la liste des candidats qu'ils comptent présenter aux élections législatives suivantes.

Le viril Parti des amateurs de bière côtoiera donc le mystérieux Parti de la génération intermédiaire qui voisinera avec le corporatiste Parti des syndics d'immeuble. Ces trois formations, et bien d'autres de la même farine, seront en compétition avec une coalition nouvellement créée et intitulée rien moins que « Coalition électorale des dirigeants du parti pour la défense des retraités et des anciens combattants, du parti pour l'abolition de la criminalité *(et peut-être aussi pour l'extinction du paupérisme après dix heures du soir)*, du parti pour l'ordre et la légalité, du parti pour la défense de la santé, de l'instruction, de la science, de la culture et de la jeunesse, de l'union des syndicats libres, du parti de la justice et du parti pour la défense de l'environnement »...

On pourrait *dauber* sur les chances électorales de cette coalition de chevaux de retour et d'alouettes mal emplumées si à son origine et à sa tête ne se trouvait une femme d'importance, Evgenia Juvaskevna Davitaskvili dite Giuna. « Dite Giuna », parce que c'est sous ce nom qu'Evgenia Juvaskevna avait ouvert, à l'époque du communisme, le seul cabinet autorisé de voyance et de médecine non médicale. On ne l'a su que bien longtemps après la mort de Léonid Brejnev, mais le camarade premier secrétaire avait fait de Giuna son médium personnel. On voit par là que le matérialisme dialectique pouvait se montrer accommodant. Au demeurant, la carrière de Giuna n'a pas eu à souffrir de la chute du Mur de Berlin et de tout ce qui s'ensuivit. Selon des observateurs généralement avisés, elle occupe aujourd'hui auprès de Boris Eltsine les mêmes fonctions qu'auprès de feu Léonid Brejnev. On voit par là qu'ils avaient tort ceux qui proclamaient naguère que le communisme était soluble dans l'alcool.

Je vous souhaite le bonjour.
Nous vivons une époque moderne.

3 novembre 1995

Fraternité des âmes-sœurs

Heureux habitants des Alpes-de-Haute-Provence, ci-devant Basses-Alpes, et des autres départements français, poursuivant la lecture du livre de Louis-Sébastien Mercier paru en 1798, *Le nouveau Paris* dont j'avais, il y a peu, extrait pour vous quelques lignes frappées sur les mœurs insupportables des bureaucrates, je tombe sur cette description d'une agence matrimoniale au XVIIIe siècle.

« L'indicateur est le nom d'un bureau, et le titre d'un journal. [...] Il s'agit d'un truchement habile et discret qui fait sans honte et avec l'approbation des lois le négoce des cœurs.

« Avec son secours, l'homme muet par timidité, ou qui, après avoir consulté son miroir, ne se trouve plus ni jeune ni beau, parle, sollicite sans être vu, ne se montre, pour ainsi dire, que par réverbération jusqu'au dénouement. Ce bureau a à ses ordres, jusqu'à un poète qui fait des madrigaux et des acrostiches à prix fixe : et l'on ne saurait croire combien cela soulage quelquefois le demandeur.

« Celui donc, ou celle, qui se propose ne manque pas d'annoncer le beau côté de son individu, c'est-à-dire sa fortune, son revenu net en bien-fonds, en immeubles territoriaux, le produit de son état actuel et surtout ses prétentions pour l'avenir.

« Afin d'imprimer à cette annonce un attrait inévitable, on glisse certains mots bien doux, certaines phrases toutes préparées, suaves, mielleuses, qui font l'office d'un miroir en miniature, et qui aident à deviner la figure, la taille, les proportions du corps, la complexion, le tempérament, le tout sous un jour favorable.

« On ajoute à ces invitantes prémices la petite note des talents agréables, comme le chant, le forte-piano, la clarinette, la harpe. Mais sur ce qui concerne l'économie, la modestie de la parure, le goût des devoirs domestiques, on n'en parle point, parce que apparemment cela se suppose. [...]

« Il est à remarquer que les demandeurs, chacun de leur côté, stipulent pour clause essentielle du contrat, l'égalité réciproque des fortunes : on compte aussi pour beaucoup l'espérance des héritages ; mais le numéraire effectif, voilà la raison prépondérante pour la conclusion. »

À peine ai-je refermé l'ouvrage de Mercier que je trouve dans ma boîte aux lettres un prospectus d'une agence matrimoniale qui me propose, entre autres, « une vraie femme au cœur sensible avec revenus », qui ne joue point de la harpe mais pratique le jogging, le tennis et le V.T.T. Une secrétaire, présentée comme veuve et très clean, s'adonne aux joies de l'équitation et de la voile et voudrait bien de moi si j'étais non-fumeur. Une commerciale divorcée d'allure moderne et « féminine en diable » espère me faire partager son goût pour le ski, la planche à voile et le parachutisme.

Songeant aux poètes facteurs de madrigaux et aux joueuses de harpe, de clarinette ou de forte-piano, je craignais, en les regrettant, de m'être trompé de siècle. Quelques moments après, je fus rassuré, en trouvant dans un hebdomadaire de télévision de gauche une annonce ainsi libellée : « J.H. artiste sensible agréable aimerait ouvrir sa porte et son cœur au son du piano à monsieur aisé cinquantaine. » Ce n'est pas de siècle, mais de sexe que je m'étais trompé. On voit par là que l'on peut se tromper d'erreur...

Je vous souhaite le bonjour.
Nous vivons une époque moderne.

6 novembre 1995

S.N.C.B.

Heureux habitants du Tarn-et-Garonne et des autres départements français, les Britanniques, qui se distinguent des Gaulois non seulement par leurs pittoresques coutumes alimentaires mais encore par leur esprit civique, les Britanniques ont formé il y a déjà lurette une puissante Association des usagers des chemins de fer qui ne cesse de manifester une admirable vigilance. (Bien entendu, l'existence d'une telle association ne s'explique pas seulement par l'esprit civique des sujets de Sa Gracieuse Majesté mais aussi, mais surtout, par le fait qu'ils ne jouissent pas d'une compagnie aussi irréprochable que la Société nationale des chemins de fer français.)

Cet automne est paru comme chaque année un volume de deux mille cent pages vendu environ 35 francs dans lequel le candidat au voyage par le rail peut trouver les horaires de tous les trains de banlieue ou de grandes lignes qui sillonnent la Grande-Bretagne. L'Association des usagers l'a lu avec une attention qui confine à la minutie. Elle a suggéré que cette publication soit rangée parmi les ouvrages de fiction. Elle y a en effet trouvé des trains fantômes, entendez des trains qui existent dans l'indicateur mais qui ne circulent sur aucune voie ferrée, des trains qui partent mais n'arrivent pas, des trains qui se dirigent vers l'est pour rejoindre l'ouest du pays, des trains de marchandises donnés pour trains de passagers et même des trains qui, empruntant une voie unique dans des sens opposés, ne peuvent manquer d'entrer en collision à l'issue d'un laps de temps que les écoliers anglais se feront une joie de calculer pour peu qu'on leur promette qu'ils pourront assister à l'accident.

À la suite de ces découvertes, les Chemins de fer britanniques ont publié un erratum de cinquante-six pages que l'Association des usagers a épluché avec la même méticulosité. Dans la foulée de cet épluchage, un deuxième erratum a dû être mis en circulation, le premier n'ayant fait qu'ajouter des informations fausses aux erreurs de l'indicateur original et ayant apporté des corrections indues à des indications qui se trouvaient exactes. Si le premier erratum comportait cinquante-six pages, le deuxième en compte deux cent quarante-six. L'Association des usagers est actuellement occupée à le passer au crible. Mademoiselle Martin, ayez la bonté de me faire souvenir de demander à Alex Taylor comment on dit, dans sa maternelle langue, que le mieux est l'ennemi du bien.

Je vous souhaite le bonjour.
Nous vivons une époque moderne.

7 novembre 1995

L'Helvétie lave plus blanc

Heureux habitants de Paris et des autres départements français, combien, parmi nous, peuvent se vanter de savoir vitaliser et purifier leurs aliments, influencer les autres à distance, faire cesser immédiatement les jalousies à leur égard, se protéger contre les maladies et même mettre leur maison à l'abri des mauvaises influences et des pratiques d'envoûtement ? Bien peu, sans doute, peut-être même aucun. C'est que vous êtes dans l'ignorance, voire dans l'obscurantisme et que vous ne savez rien de l'existence de l'Amplificateur d'énergie psychique par induction due aux ondes de forme, en abrégé, l'activateur universel de chance.

Le principe en est simple. Que dis-je, simple ? Enfantin... Le voici, tel que l'expose le distributeur de ce bénéfique appareil — bénéfique pour lui sans doute : « Les personnes qui ont des problèmes ont une aura peu lumineuse et peu développée. Les personnes qui attirent les événements heureux ont une aura lumineuse et bien développée. »

Vous me direz que cette affirmation, vraie ou fausse, n'est pas neuve. Je ne le nierai pas, ni le distributeur de l'activateur universel de chance. Ce qui est nouveau, c'est que ce philanthrope a photographié une aura avant et une aura après l'usage de son appareil. Avant, l'aura a une petite mine : noire, chétive, estrancinée, Dieu qu'elle est vilaine et n'importe quel Tiens ! vaut mieux que cette aura-là. Après, elle est ronde, grasse, blanche, opulente, pleine comme une lune. C'est normal : l'activateur universel de chance a relié cette aura « directement aux forces cosmiques ». Merci, Maître Nelchaël.

Maître Nelchaël est, bande d'ignares ! l'inventeur de l'activateur universel de chance. D'après le prospectus, « seuls quelques privilégiés peuvent se vanter d'avoir rencontré le Maître ». Il tient à rester discret et fuit la police, pardon les honneurs, mais « aujourd'hui il accepte de partager sa fabuleuse découverte pour soulager tous ceux qui souffrent de malchance et du manque d'argent ».

Dans un premier temps, Maître Nelchaël se propose de vous soulager de 289 francs. Il n'y a qu'à les envoyer à une boîte postale en Suisse. Pourquoi en Suisse ? Pas parce qu'il n'existe avec ce pays que des conventions d'extradition très restrictives, esprits chagrins que vous êtes, mais parce que, en Suisse, de nombreux documents l'attestent, l'argent n'a pas d'odeur mais il attrape une de ces auras...

Je vous souhaite le bonjour.
Nous vivons une époque moderne.

8 novembre 1995

Dernier cri

Heureux habitants des Deux-Sèvres et des autres départements français, chaque année, l'automne dépose dans un grand nombre de boîtes aux lettres le catalogue d'une maison de vente par correspondance qui s'adresse aux hommes et se parfume d'être moderne. À travers les produits proposés à notre concupiscence, on peut mesurer ce qui résiste à l'érosion des modes, comme par exemple l'immarcescible coupe-coupe électrique de poils du nez (et des oreilles), mais surtout, en repérant les nouvelles offres, on peut avoir l'impression de humer l'air du temps et d'en apprendre un peu sur la modernité la plus actuelle.

Considérons d'abord, messieurs, qu'en matière d'habillement, le bohème chic et le sportif bariolé s'effacent au profit du cossu-ventru. Le gilet revient en force : c'est normal puisque les valeurs font leur retour, dit-on... M. Perrichon n'a plus peur de dire qu'il doit porter lesdites valeurs à son coffre. Cossu ai-je dit et ventru. Le catalogue nous propose un pantalon bi-extensible qui « permet d'épouser votre taille en permanence » grâce à un solide élastique, là.

À part le cossu-ventru, il me semble que la philosophie de Mme Brigitte Bardot, l'écologie, est en perte de vitesse : on nous offre, en effet, toutes sortes d'inventions électroniques pour repousser les taupes, pour empêcher les chats de faire ce qu'ils veulent, pour éloigner les chiens et même pour repousser les petits rongeurs, les rats et les souris. L'homme se consolera de cette perte de contact avec la nature en achetant quatre disques compacts reproduisant des chants d'oiseaux, le murmure des ruisseaux de montagne, le ressac de l'océan ou bien la pluie d'orage.

Si l'homme moderne souhaite repousser l'animal, ce n'est pas parce qu'il s'est pris d'une passion torride pour ses propres semblables. Loin s'en faut : notre catalogue est riche en armes diverses et offre même une mallette de tir contenant un colt dont il est précisé qu'il est « dangereux jusqu'à plus de trois cents mètres »... L'homme moderne est invité à n'en faire usage qu'à excellent escient, c'est-à-dire, je suppose, en cas d'affrontement privé avec ses proches voisins. Pour les conflits de plus d'envergure, on lui propose, moyennant 495 francs, un instrument d'une incontestable utilité : le compteur Geiger de poche qui permet de mesurer aussi bien la radioactivité ambiante que celle des aliments. Que les élégants ne s'inquiètent pas : il tient dans la poche de leur gilet.

Je vous souhaite le bonjour.

Nous vivons une époque... comme on dit à la radio.

9 novembre 1995

Family life

Heureux habitants de la Manche et des autres départements français, les citoyens de Pontefract, dans l'ouest du Yorkshire, en Grande-Bretagne, ont remarqué à leur réveil que leur cité était couverte d'une affiche plutôt inhabituelle. En haut et à gauche, une photo en noir et blanc. Sous cette image, le nom du photographié, que nous appellerons Marmaduke Martin, et ce texte : « Marmaduke Martin parcourt les rues de notre ville et sonne aux portes de nos maisons à la recherche de dons en argent pour soutenir des œuvres charitables et/ou humanitaires. Sachez que Marmaduke Martin n'a aucunement l'intention de reverser à de telles œuvres les sommes que vous lui aurez données en toute confiance. » Selon des sources généralement bien informées, Marmaduke Martin aurait, jusqu'à ce que cette affiche soit placardée, recueilli en moyenne environ 600 francs par jour, ce qui n'est pas mal pour un garçon de treize ans, car, où avais-je la tête, j'ai oublié de vous le dire, Marmaduke Martin a treize ans. Selon les mêmes sources généralement bien informées, ses gains connaîtraient une décrue sensible depuis que son portrait agrémenté de la mise en garde que je vous ai lue orne les murs de Pontefract. Lesdites sources généralement bien informées sont plutôt crédibles puisqu'il s'agit de Mrs Martin, la mère de Marmaduke, qui a conçu, payé et collé l'affiche avertissant ses concitoyens de ne point ouvrir leur bourse à son rejeton. « Je n'ai rien trouvé d'autre, a déclaré Mrs Martin, pour empêcher Marmaduke d'acheter de la drogue tant pour sa consommation personnelle que pour la revente. »

Dans un autre pays que la Grande-Bretagne, on songerait, pour éclairer ce fait divers d'automne, à requérir les lumières d'un psychologue ou d'un pédagogue. Mais nous sommes en Grande-Bretagne, la patrie du sport. Contentons-nous donc de déclarer que Maraude a perdu la première manche. Nous comptons sur lui pour se ressaisir et trouver la parade.

Je vous souhaite le bonjour.
Nous vivons une époque moderne.

10 novembre 1995

Revenants

Heureux habitants de l'Indre et des autres départements français, naguère je vous entretenais d'une agence de communication qui se spécialise dans l'organisation de votre enterrement et rédige avec vous, *ante mortem*, l'éloge qui sera prononcé à cette occasion. C'est là un progrès du progrès mais, dans le même domaine, les États-Unis viennent d'en accomplir un qui devrait faire rougir de honte les services commerciaux de notre fusée Ariane.

En effet, à partir du 1er janvier 1996, il sera possible d'expédier ses cendres dans l'espace grâce à un judicieux accord entre Celestis Inc., une entreprise de pompes funèbres de Houston (Texas), et Orbital Sciences Corp., la compagnie qui construit les engins spaciaux Pegasus et Taurus. Il n'en coûtera que 4 800 dollars par tête de pipe — je ne peux décemment pas dire par cendres de pipe — soit à peu près 26 000 francs. Celestis Inc. pense pouvoir conquérir assez vite 1 % du marché et réaliser ainsi un chiffre d'affaires annuel de 90 millions de dollars. Dans un avenir proche, la compagnie pense pouvoir mettre au point un satellite abritant mille urnes funéraires et qui serait placé en orbite géostationnaire. On voit par là que les Étatsuniens ont, pour le grégaire, un goût qui s'affirme *post mortem*.

En attendant ce voyage de groupe et ce séjour éternel localisé, vos cendres seront dispersées au petit bonheur la chance. Celestis Inc. affirme pourtant s'être assurée 1. qu'elles seront manipulées avec le plus grand respect et 2. qu'elles ne retomberont pas sur terre avec quelque déchet de fusée ou d'engin spatial. Pour 26 000 francs, en effet, nous tenons à être assurés, si nous expédions nos défunts au plus haut des cieux, qu'ils ne pourront pas nous jouer le mauvais tour de nous retomber sur le coin de la... Que Diable : mourir, c'est partir beaucoup...

Je vous souhaite le bonjour.
Nous vivons une époque moderne.

13 novembre 1995

Besoins

Heureux habitants de l'Eure-et-Loir et des autres départements français, les progrès du progrès sont si nombreux, si continuels, si divers et si rapides que, malgré le zèle avec lequel je me consacre à leur inventaire, j'ai conscience d'en laisser quelquefois passer, et non des moindres. Mais, grâce à ses auditeurs sachant auditer, le chroniqueur matutinal a autant d'yeux que le bouillon, peut-être même davantage. C'est par ce canal que m'est tombée sous les lunettes une excellente nouvelle publiée par notre confrère *La nouvelle République du Centre-Ouest*. La municipalité de Châteauroux a adopté, après celle de Bourges, une installation certes onéreuse puisqu'elle coûte 24 000 francs, mais génératrice de substantielles économies en même temps que d'une amélioration sensible de l'hygiène publique et de la propreté municipale. Il s'agit du chalet de nécessités pour chiens, baptisé W-Canin. Ce meuble urbain du style Jean-Claude Decaux émet une odeur que nous ne craindrons pas de qualifier de *sui generis* et qui attire vers lui nos amis canidés. Deux ouvertures leur permettent de s'y introduire, tandis qu'une partie du toit est évidée afin de permettre à nos amis les propriétaires de chiens d'y introduire la laisse au bout de laquelle frétille leur compagnon. Après que notre ami le chien a répondu à l'appel de la nature artificiellement déclenché par l'odeur *sui generis*, notre ami le maître n'a plus qu'à pousser un bouton rouge qui déclenche un Niagara purificateur puissamment aseptique et merveilleusement salubre.

« La majorité des races de chiens a adopté cet équipement, a déclaré son concepteur, et le W-Canin s'intègre parfaitement dans les rues piétonnes d'un centre-ville ou dans les espaces des cités. » On notera au passage que le concepteur du W-Canin s'appelle M. Lebeau, ce qui montre la sagesse de la providence puisque « faire le beau » est une expression déjà en usage dans les rapports entre nos amis les maîtres et nos amis les chiens. On remarquera également que la ville de Châteauroux a installé son premier W-Canin sur une place récemment baptisée du nom de l'actrice récemment décédée Madeleine Renaud. Allez savoir pourquoi, à l'idée que l'on dise désormais : « J'emmène Rex faire Lebeau place Madeleine-Renaud », je me suis souvenu à quel point Pierre Desproges nous manque.

Je vous souhaite le bonjour.
Nous vivons une époque moderne.

14 novembre 1995

Bardotisme nigaud

Heureux habitants de l'Ain et des autres départements français, ce n'est pas pour me vanter mais nul mieux que le chroniqueur matutinal de France Inter ne vous tient au courant des progrès que fait dans le monde la doctrine zoophilique de Mme Brigitte Bardot. Fidèle à cette ligne de conduite, je me dois de vous faire part d'une action exemplaire menée en faveur des homards dans la bonne ville de Genève, Helvétie francophone, par le chanteur Jimmy Somerville ci-devant vedette du groupe « Communards » et valeureux interprète en anglais des chansons de Mme Françoise Hardy.

Pénétrant dans un restaurant genevois, Jimmy Somerville aperçut, dans un aquarium, douze homards attendant dans la paix que procure l'inconscience que des clients statuent sur leur sort et décident s'ils seraient bouillis, rôtis ou grillés. Le sang de M. Somerville ne fit pas quatre-vingt-dix-neuf tours. Violemment interpellé quelque part par le spectacle de ces crustacés décapodes innocents, le chanteur exprima la volonté de les acheter tous à condition que les serveurs du restaurant l'aideraient à porter instantanément les homards dans le lac voisin où la liberté leur serait rendue. Peut-être était-ce là un geste sympathique mais quelque peu exagéré puisque le homard a justement été privé par la nature d'un système nerveux central qui l'empêche de ressentir la douleur et permet donc de le bouillir, de le rôtir ou de le griller tout vivant sans avoir à éprouver du remords. Toutefois, après que Jimmy Somerville a payé, on accède à son désir et voilà un cortège, le chanteur et deux garçons du restaurant conduisant les douze homards au lac de Genève et les plongeant simultanément dans ses eaux... où ils moururent en quelques secondes. Le homard en effet ne résiste pas à l'eau trop fraîche.

On voit par là qu'il avait raison celui qui conseillait que l'on se méfiât de ses amis.

Je vous souhaite le bonjour.
Nous vivons une époque moderne.

15 novembre 1995

L'ennemi intérieur

Heureux habitants de la Lozère et des autres départements français, c'est samedi qu'ils ont irrévocablement pris leur décision : oui, ils allaient acheter l'objet. Ils se sont rendus sans cérémonie là où ils savaient pouvoir se le procurer. La transaction s'est faite sans un mot inutile, avec sérieux et en quelques instants. De retour chez eux, ils ont remarqué un rectangle de carton attaché à l'objet. Un rectangle d'environ vingt centimètres sur sept, couvert d'un texte serré, écrit en petits caractères. Ils ont déchiffré ce texte ensemble, et leur respiration se raccourcissait au fur et à mesure de leur lecture.

« Inspecter l'objet dès sa réception et avant chaque usage, était-il écrit, vous assurer que tous les rivets, les charnières, les écrous et les boulons sont bien serrés, que l'extenseur fonctionne bien. Garder l'objet libre de graisse. Garder vos chaussures propres, les semelles en caoutchouc ne sont pas recommandées. Ne faites jamais de réparations temporaires des parties endommagées. Placer l'objet sur une surface plane, ferme, avec une assise solide. Ne le placez pas en face d'une porte. »

À ce moment de leur lecture, ils ont repris leur souffle et ils se sont regardés. Elle n'a rien dit mais il a lu dans ses yeux qu'elle commençait à regretter d'avoir introduit l'objet dans leur foyer douillet et paisible et que, peut-être, la vie, désormais, ne serait plus jamais la même.

« N'utilisez pas l'objet si vous vous fatiguez facilement, si vous êtes sujets à des évanouissements, si vous prenez des médicaments ou de l'alcool. Pour protéger les enfants, ne laissez pas l'objet ouvert sans surveillance. Remisez-le dans un endroit sûr et sec. Gardez-le libre de tout matériau étranger. Détruisez-le s'il est usé, brisé ou s'il a été exposé à une corrosion chimique. »

Alors, elle n'y a plus tenu et d'une voix comme seule une mère peut en avoir, elle lui a dit : « Je t'en prie, rapportons-le. Je ne pourrais pas vivre avec ça dans la maison. » Il a compris. Il a remis en place le carton couvert de ce texte lourd de menaces et il est retourné au magasin leur rendre l'objet auquel ce carton était accroché : un escabeau.

Je vous souhaite le bonjour.
Nous vivons une époque moderne.

16 novembre 1995

Génie administratif

Heureux habitants de la Réunion et des autres départements français, Coralie est l'une de ces jeunes femmes que la dureté des temps prive d'un emploi régulier. Comme cette situation s'éternise et ne date pas d'hier, chaque année, quand arrivent les frimas, Coralie vend des marrons chauds qu'elle fait griller dans la rue. Son commerce s'étale sur dix à douze semaines et lui rapporte, mensuellement, environ 1 500 francs. Ou plutôt lui rapportait. Coralie vient en effet de se voir refuser sa carte commerciale. Personne ne s'était plaint de son activité, au contraire. Mais la vendeuse de marrons doit s'inscrire au registre du commerce. Il lui en coûterait 700 francs, quelle que soit la durée de son activité. Après quoi il lui faudrait s'acquitter de la cotisation trimestrielle de l'U.R.S.S.A.F., soit 721 francs supplémentaires. Ensuite, elle n'aurait plus qu'à attendre. À attendre le client ? Non. À attendre que les caisses de maladie et de retraite lui adressent leurs factures. Elles sont annuelles, ces factures : 18 000 francs pour la caisse maladie et à peu près la même somme pour la caisse de retraite. En faisant appel à ce qui nous reste des exercices de calcul mental de notre lointaine enfance, on voit donc que, pour gagner entre 3 500 francs et 4 500 francs, la marchande de marrons devrait en débourser environ 37 000. Prenez vos cahiers de textes et notez le devoir pour demain : sachant qu'en restant chez elle la marchande de marrons toucherait le revenu minimum d'insertion, alors qu'en s'efforçant de s'insérer, il lui en coûtera environ dix-huit mois de R.M.I., combien de temps Coralie devra-t-elle demeurer à la maison pour avoir économisé de quoi s'acheter les *Œuvres complètes* de Courteline ?

Dis, monsieur Juppé, ta réforme de la protection sociale, tu ne pourrais pas la faire un petit peu moins sotte ?

Je vous souhaite le bonjour.
Nous vivons une époque moderne.

17 novembre 1995

Ectoplasmes en tout genre

Heureux habitants de la Loire et des autres départements français, les Britanniques ont eu chaud. Les progrès du progrès ont failli les priver d'un élément cardinal de leur identité nationale en même temps que d'un atout touristique non négligeable : vous avez reconnu le fantôme. Vous l'avez reconnu, mais certains scientifiques grand-bretons ont été à deux doigts de prouver que vous avez eu tort car le prétendu fantôme n'aurait été, d'après eux, qu'un assemblage de corpuscules reproducteurs de certaines espèces végétales croissant et prospérant à l'intérieur des maisons humides, assemblages qui, à certaines heures et dans certaines conditions d'éclairage, pourraient revêtir une forme évoquant celle d'un être humain.

Le Britannique n'est pas homme à se laisser dépouiller de ses mythes et le magazine *Country living* s'est livré sans délai à une enquête auprès de ses lecteurs possesseurs d'une maison hantée, enquête dont les résultats mettent à mal la théorie des corpuscules, puisqu'ils font apparaître que 40 % des fantômes apparaissent non seulement dans des maisons humides mais aussi en plein air. À cette occasion, *Country living* a pu établir deux catégories de fantômes de plein air : ceux qui appartiennent à la première se contentent d'apparaître, comme le spectre de Sir Francis Drake qui traverse de temps à autre Dartmoor dans un landau noir tiré par quatre chevaux sans tête. Les fantômes de la seconde catégorie sont, si j'ose dire, interactifs. Ils interviennent dans la vie des êtres de chair et d'os et leur font des niches. Par exemple, ils volent la roue de secours de leur voiture. C'est prouvé. Tout comme il est prouvé que, dans les landes du Devon, celles du *Chien des Baskerville*, circule une paire de mains velues sans bras ni corps qui s'amuse à cogner aux fenêtres et même à les ouvrir de l'extérieur. On le voit, les corpuscules constituent une explication bien faible et d'ailleurs, ce qui a définitivement remis leurs tenants à leur place, c'est le témoignage de plusieurs lecteurs de *Country living* qui, la semaine dernière, ont vu, entre Cranborne et Six Penny Handley, un chevalier en armure galopant le long de la route A 3081. Ils l'ont vu. Comme je vous vois, auditeurs fantômes qui vous agitez au bout des ondes hertziennes dans le huis clos de vos salles de bains ou dans l'habitacle de vos véhicules.

Je vous souhaite le bonjour.
Nous vivons une époque moderne.

20 novembre 1995

Apprendre à tout âge

Heureux habitants de la Vienne et des autres départements français, M. et Mme Martin ont une fille. Chacun doit porter sa croix. Elle vient d'entrer en sixième au collège Ivan-Levaï de la ville d'Ardisson-sur-Ourcq. On lui a fait subir les tests nationaux d'évaluation qui sont désormais de rigueur à l'entrée de cette classe-charnière. M. et Mme Martin ont reçu les résultats et une lettre du principal qui leur dit :

« Madame, Monsieur,

« Je vous prie de trouver ci-joint les résultats de votre enfant aux tests nationaux d'évaluation d'entrée en sixième. Afin de vous en faciliter la lecture, veuillez trouver ci-dessous quelques explications.

« Cet histogramme vous indique : les scores de réussite en % de votre enfant (SR = *x* %) et le nombre de réponses correctes fournies sur le nombre de questions posées (soit *x* réponses correctes sur *x* questions posées). Ces résultats correspondent aux barres horizontales grises.

« De manière à ce que vous puissiez le situer par rapport à la moyenne de sa classe et des 6e de l'établissement, ces moyennes sont indiquées sur chacune de ces barres par un signe (= indique la moyenne de la classe, le carré gris plus soutenu celle de l'ensemble des 6e ; dans le cas où la moyenne de la classe et celle de l'ensemble des 6e sont identiques, on trouve un carré noir). Si la barre grise se prolonge au-delà de ces signes, cela signifie que les résultats obtenus par votre enfant dans le domaine concerné sont supérieurs à ces moyennes. Dans le cas contraire, ils leur sont inférieurs.

« Sur chaque barre est indiqué le domaine auquel elle correspond. (Ensemble des items de français = résultats sur l'ensemble du français ; items obligatoires de mathématiques = résultats sur l'ensemble des maths, etc.) Il est à noter que connaissance du code (F4), dernière barre concernant le français, équivaut à orthographe grammaire et autres (05), en mathématiques, à différentes notions dont la connaissance est nécessaire.

« Je vous engage à étudier de près cette fiche car elle vous fourni [sans t] des renseignements précis sur le niveau de départ de votre enfant à son entrée au collège et à ne pas hésiter à prendre contact avec son professeur principal, si vous le jugez nécessaire. »

M. et Mme Martin n'ont pas hésité à prendre contact avec le professeur principal : ils lui ont demandé si le collège allait bientôt ouvrir une classe de formation au métier de parent d'élève.

Je vous souhaite le bonjour.
Nous vivons une époque moderne.

21 novembre 1995

Belgicisme

Heureux habitants de la Côte-d'Or et des autres départements français, un auditeur sachant auditer m'a fait parvenir le numéro 752 du *Bulletin des contributions* du royaume de Belgique dont je salue les heureux sujets, *Bulletin des contributions* dont les pages 2279, 2280 et 2281 sont consacrées — et que Dieu me change en présentateur de TF 1 si je mens — sont consacrées à « la taxation des marchands de frites pour l'exercice d'imposition de 1994 ».

Ces pages sont précédées d'une définition, car l'administration, partout où elle se veut juste, tient à préciser exactement le champ sur lequel elle entend exercer son empire. La définition proclame — et que je sois changé en animateur de France 2 si je mens : « Par marchand de frites, on entend la personne dont l'activité consiste à fabriquer et à vendre des frites. » Vient ensuite la détermination du bénéfice à taxer. On calcule ce bénéfice en multipliant « le nombre total de kilos de pommes de terre non épluchées par 68 F, le nombre total de kilos de pommes de terre épluchées par 85 F et le nombre total de kilos de pommes de terre épluchées précuites par 144 F ». On voit donc qu'il doit y avoir un commerce lucratif en Belgique, et c'est celui de maquilleur de pommes de terre puisque la non épluchée est réputée de moindre valeur ajoutée que l'épluchée.

S'ajoute à ces considérations la liste des sauces à pommes de terre frites susceptibles de taxation. Ce sont la sauce américaine, l'andalouse, la banzaï, la béarnaise, la brésilienne, la cocktail, la curry, la ketchup, l'extra, la mayonnaise, la pili-pili, la riche, la tartare, la tzigane et la carbonnade. Enfin, il est précisé qu'en matière de sauce, aucune déduction ne peut être admise sous le prétexte de « perte due à l'adhérence de la sauce au pot ».

Si vous rencontrez un fiscaliste mieux capable que celui du royaume de Belgique de prévoir toutes les éventualités, je me fais bonze.

Je vous souhaite le bonjour.
Nous vivons une époque moderne.

24 novembre 1995

Grossesse relax

Heureux habitants de l'Ille-et-Vilaine et des autres départements français, conformément à la loi qui régit les probabilités, il doit se trouver parmi vous une raisonnable proportion de femmes attendant un enfant. Je les en félicite et les remercie de contribuer ainsi au financement de ma prochaine retraite, et, afin de leur témoigner ma gratitude, je me propose ce matin de leur faire découvrir les bienfaits de la relaxation évolutive pour femmes enceintes, telle que la présente un prospectus entré en ma possession.

Ce prospectus est signé d'une relaxologue. Si ce métier avait existé au temps de ma jeunesse folle, j'eusse maison et couche molle, doué comme je le suis pour la sieste, la méridienne ou ce que, dans l'argot des grandes écoles, on appelle le schlof. Mais las, j'ai plus qu'autre *gallé* et me voilà matutinal chroniqueur.

La relaxologue, donc, se propose de réunir les femmes enceintes en ateliers afin, tout d'abord, de leur faire prendre conscience de « l'importance du contact établi avec l'enfant à naître ». Il me semble, dit un esprit fort, que cette importance apparaît spontanément même à la femelle du babouin sans que la relaxologie y soit pour rien. Sans doute, mais où apprendrait-on « le lâcher-prise au niveau du bassin, l'affinage du recentrage sur soi, et l'appréhension du schéma corporel », si l'on ne se réunissait pas en ateliers de relaxologie ?

D'ailleurs, la relaxologie dispose d'outils spécifiques que mon prospectus énumère. Quels sont-ils ? La sophrologie caycedienne, le massage sonore, l'écoute subtile, la visualisation positive, la méthode Alpha, le toucher énergétique, la remontée du canal de Clark et le training autogène de Schultz. Ni plus ni moins. Si, moins, car j'ai triché. Dans l'énumération des outils spécifiques à la relaxologie pour femmes enceintes, j'ai glissé une méthode qui ne figure pas dans mon prospectus. Non, ce n'est pas le training autogène de Schultz qui, lui, est indispensable à la relaxation évolutive et relaxologique. C'est la remontée du canal de Clark qui, avec la descente du faisceau de Türk, est l'un des morceaux de bravoure du bon docteur Knock. Reste à comprendre pourquoi la relaxologie évolutive m'a fait penser au bon docteur Knock...

Je vous souhaite le bonjour.
Nous vivons une époque moderne.

27 novembre 1995

Relativité de la libellule

Heureux habitants de l'Ardèche et des autres départements français, la libellule est-elle un insecte bénéfique ? Je pose la question. Dans les environs de Rennes, celui qui l'attrape se mariera dans l'année. Dans la Nièvre, placer ses ailes entre les pages d'un livre de messe procurera du bonheur pour l'année. Oui, mais dans la Seine-Maritime, si l'on veut la ramener chez soi et qu'elle meure avant, on est sûr de souffrir d'un chagrin d'amour, tandis que, dans la Vienne, on doit fuir la libellule qui n'est en réalité que l'amante lesbienne de la femme du Diable. C'est du moins ce que l'on apprend à la lecture du *Dictionnaire des superstitions* que publie, dans la collection Bouquins, Mme Mozzati, une souriante érudite qui navigue entre les mythes, les croyances et les légendes que l'humanité s'est forgés pour se donner l'illusion de comprendre le destin et quelquefois de l'apprivoiser. On y apprend que les filles du Verseau — écoutez bien, mademoiselle Martin — sont de complexion très amoureuse mais craignent de trop s'attacher tandis que le garçon du Capricorne sera beau et vertueux et recherchera le bon et le sublime. Lalalalalère... Quel excellent livre !...

On y découvre que la fleur de jusquiame permet de savoir si l'on est cocu. Il y est établi que cracher sur un nouveau-né lui est très bénéfique et que tapisser de bouse de vache la chambre d'une femme aux derniers jours de sa grossesse la protégera des mauvais esprits. On est averti de ne jamais effectuer une démarche importante dans une pièce dont les deux portes sont ouvertes en même temps.

On s'y instruit sur la manière de juger des facultés sexuelles de l'homme par l'examen de son nez et de la conformation de ses testicules par la configuration de ses narines. On apprend comment tirer profit de la nouvelle lune. On découvre que l'infusion de chrysanthème guérit de l'alcoolisme, du tabagisme et de la toxicomanie. On est avisé que la chouette pond des œufs dont l'effet sur la gueule de bois est radical. On se réjouit que l'utilisation d'un couteau à manche blanc préserve de la colique. On y apprend que, le vendredi, les pantalons s'usent plus vite que les autres jours et que les Australiens, qui s'indignent si fort de nos essais nucléaires et ne veulent plus de notre beaujolais nouveau, prennent, lorsqu'ils veulent s'assurer d'avoir de la chance, des bains de sang de kangourou.

Bref, on rencontre, dans ce dictionnaire des superstitions, une humanité charmante d'infantilisme et de poésie chez qui la difficulté du métier de vivre libère des trésors d'imagination et de niaiseries conjuratoires auxquelles on se fait un plaisir de croire tout en se moquant de ceux qui y attachent le moindre crédit.

Je vous souhaite le bonjour.
Nous vivons une époque moderne.

28 novembre 1995

Nos amis les couples

Heureux habitants de la Haute-Vienne et des autres départements français, il n'y a pas qu'en France que la compétition dont sont l'enjeu les ménagères de moins de cinquante ans conduit les chaînes de télévision à rivaliser d'imagination. La Grande-Bretagne elle-même, patrie et phare du service public de l'audiovisuel, connaît une situation quelquefois comparable. En mars prochain, une chaîne commerciale diffusera ce qu'elle appelle un *family show* qui consistera en un concours entre trois couples hétérosexuels dont le vainqueur sera marié en direct sur le plateau de son émission favorite.

« Nous avons constaté une baisse d'audience de ceux de nos feuilletons qui se déroulent en milieu hospitalier et qui, jusqu'à présent, nous assuraient de confortables taux d'écoute », a déclaré un responsable de la chaîne. « Il semble, par contre, a-t-il poursuivi, qu'il y ait un regain d'intérêt pour tout ce qui est conjugal et qui concerne la vie de couple. Cela est sans doute dû au feuilleton qu'interprètent à la ville le prince et la princesse de Galles. »

Les trois couples seront donc invités à faire

comme Charles et Diana, à passer aux aveux les moins doux afin de voir comment leur union y résiste. Des intermèdes aideront à relâcher la tension. Au cours de l'un d'eux, les dames seront invitées à reconnaître, dans un panier de sous-vêtements, ceux qui appartiennent à leurs compagnons. Au cours d'un autre, les messieurs seront conviés à se déguiser en cerfs et à attraper avec leurs andouillers des œufs que leur jetteront les dames de leur vie. Un jury désignera les gagnants.

Interrogé sur ce programme, un représentant de la B.B.C., donc du service public concurrent, a déclaré : « Je crains qu'il ne s'agisse d'une émission plutôt dégradante. » Son rival de la chaîne commerciale a rétorqué : « Qu'y a-t-il de dégradant à promouvoir le mariage ? » L'homme de la B.B.C. est resté sans voix. Par solidarité avec le service public britannique, je ferai de même.

Je vous souhaite le bonjour.
Nous vivons une époque moderne.

29 novembre 1995

Sagesse

Heureux habitants du Rhône et des autres départements français, ça n'est pas pour me vanter mais hier, alors que l'église Saint-Germain-l'Auxerrois, que fréquenta d'Artagnan, sonnait l'angélus de six heures, je fus travaillé par la pépie et j'éprouvai simultanément le besoin de jouir de la présence de mes contemporains. J'entrai donc dans un bistrot où je commandai au comptoir une boisson alcoolisée que je comptais boire avec modération. À côté de moi, prit bientôt place une paire d'hommes, dans la quarantaine, tous deux bien mis, l'un avec un nœud papillon, l'autre hâlé par quelque récent séjour au soleil. Ils commandèrent deux demis de bière, puis se lancèrent dans un commentaire de la situation sociale.

« C'est incroyable, le foutoir, dit le nœud papillon. Les gens sont complètement irresponsables. — Ça, reprit le hâlé, c'est vraiment affolant. Y a rien qui marche ici. Tout le monde a tous les droits et personne n'est responsable de rien. Mais vous allez voir. Un jour, on va se réveiller et ça va faire vilain parce que, pendant nos conneries de grèves, les autres pays, eux, ils auront avancé. Vous savez, quand on voyage comme moi, on voit bien que la France, ça n'est plus ça. Tiens, je vais vous dire, ça me fait mal de le reconnaître, mais le pays que j'ai vu et où il y a le plus d'ordre, le plus de propreté dans les rues, le plus de sérieux dans le travail, eh bien c'est un pays arabe ! Eh oui, poursuivit le hâlé jouissant de la surprise du nœud papillon, c'est l'Arabie Saoudite. Ah là, mon vieux, ça rigole pas, ça bosse, ça vole pas, ça respecte les traditions et ça se croit pas tout permis. Tandis qu'ici, c'est tout moi-je et compagnie !

— C'est parce que les gens ont été trop gâtés, enchaîna le nœud papillon. Ils ont perdu l'habitude de l'effort et ils abusent de leurs avantages. » À ces mots, le patron apporta le ticket de caisse pour les deux demis de bière. « Laissez, dit le hâlé, c'est pour moi. De toute façon, je me le fais rembourser par ma boîte. »

Je vous souhaite le bonjour.
Nous vivons une époque moderne.

30 novembre 1995

Cruelle réclame

Heureux habitants de la Haute-Saône et des autres départements français, certes le suicide n'a pas dans la culture japonaise la même place que dans la nôtre, cependant, les autorités nippones sont alarmées par l'augmentation du nombre de jeunes gens qui choisissent de se donner la mort. Dans la province d'Osaka, l'an dernier, quatre-vingt-six enfants de moins de quatorze ans se sont suicidés, soit 50 % de plus que l'année précédente. Et, dans la population universitaire de la même province, le nombre d'étudiants qui ont préféré quitter volontairement cette vallée de larmes est passé de vingt-deux à quatre-vingt-sept. Le plus jeune suicidé de l'an dernier venait d'avoir neuf ans. Il avait rapporté à la maison des résultats scolaires qui lui avaient valu une sévère réprimande parentale.

À ces chiffres préoccupants s'ajoutent ceux des suicides d'adultes. Je ne voudrais pas assombrir davantage le huis clos de votre salle de bains mais ces suicides-là aussi sont en augmentation. Les journaux en parlent. Ils sont très lus au Japon. La radio et la télévision s'en emparent et en débattent tandis que Mlle Martin, qui est un cœur sensible, se demande avec inquiétude quelle horreur je vais bien pouvoir proférer à propos d'événements aussi malheureux. Aucune horreur, mademoiselle Martin, car la réalité est bien plus cruelle que le chroniqueur matutinal ne le sera jamais. En effet, pendant que la rue et les médias débattent du phénomène dont je vous ai entretenu, la compagnie de gaz Osaka Gas lance une campagne publicitaire dont le principal slogan est : « Avec notre gaz naturel, il est impossible de se suicider. » Et les affiches publicitaires précisent que « le gaz naturel d'Osaka Gas ne contient pas une proportion suffisante de monoxyde de carbone pour être mortel ». Un de mes confrères nippons en a tiré une subtile déduction : « Il est dommage que le gaz d'Osaka Gas ne soit pas mortel, a-t-il écrit. Après une telle campagne de publicité, le président de cette compagnie va être obligé pour se suicider d'utiliser le gaz d'une compagnie concurrente. »

Je vous souhaite le bonjour.
Nous vivons une époque moderne.

1er décembre 1995

Avenir de la culottière

Heureux habitants de l'Aisne et des autres départements français, *fugit irreparabile tempus*, autrement dit, tout fout le camp. Ne dites pas le contraire, je l'ai lu dans le *Journal officiel*. Oh, bien sûr, cela n'était pas écrit aussi brutalement, mais à qui savait lire, cela était clairement indiqué dans la publication d'un arrêté du ministre du Travail, du Dialogue social et de la Participation *(sic)*, arrêté mettant fin à l'homologation des brevets d'un certain nombre de métiers, désormais exercés par un trop petit nombre de personnes, voire plus exercés du tout.

Elle est longue, la liste de ces activités disparues ou en voie de disparition. Elle occupe quatre colonnes du *Journal officiel*. Elle sonne le glas du diplôme de bandagiste-corsetière aussi bien que celui de casquetier, de puisatier ou de fabricant de pain d'épices, car désormais le pain d'épices est industriel et le casquetier a son avenir dans le dos. Ils nous tirent leur révérence et disparaissent dans les limbes de nos souvenirs où, selon le *Journal officiel*, ils rejoignent le bouchonnier, le rempailleur, le naturaliste-empailleur, le plumiste, le stoppeur à la vitrine duquel les jeunes gens de ma génération regardaient sournoisement une jambe de femme en plâtre rosé recouverte d'un bas évocateur. Le xylographe s'évanouit avec eux, et le tripier, et le tréfileur, le savonnier et le polisseur. Le constructeur de fours et le constructeur de moulins vont enfin se retrouver au même endroit, mais cet endroit, ce sera nulle part. La culottière peut écrire « no future » sur son échoppe ; le chaisier et le facteur d'harmoniums tombent au champ d'honneur de la déchristianisation. La piqueuse de tige n'est plus homologuée : à vrai dire, on avait oublié son existence. On ne décernera plus de brevet de tricoteur, de galochier, ni de relieur de registre ; la lingère-chemisière peut aller se rhabiller. Oh, je sais, il n'y a pas de quoi verser une larme : il n'y a pas de vie sans évolution et pas d'évolution sans disparition. Tout de même, vous ne m'empêcherez pas d'avoir éprouvé un frisson d'inquiétude quand, au milieu de la quatrième colonne de cette nécrologie des métiers, j'ai lu l'annonce de la disparition du brevet de dépanneur de radio.

Je vous souhaite le bonjour.
Nous vivons une époque moderne.

4 décembre 1995

Fumées obscurantistes

Heureux habitants de l'Aube et des autres départements français, la guerre entre les fumeurs et les non-fumeurs, qui constitue, comme vous le savez, le conflit majeur de cette fin de siècle, connaît sans cesse de passionnants rebondissements, et qui montrent que les seules frontières que l'on puisse reculer à volonté sont celles de la sottise. Il y a peu, une compagnie productrice de tabac a lancé une campagne de publicité visant à faire passer les fumeurs pour des citoyens livrés à l'arbitraire et comparables aux intouchables de l'Inde. C'était deux fois idiot. Idiot, parce qu'à ce niveau d'exagération, on entre dans l'imbécillité propre à la propagande et idiot, parce qu'une telle campagne laissait entendre que les ayatollahs prohibitionnistes avaient gagné la partie, ce qui, grâce à Dieu, n'est pas vrai, au moins en France. (Tiens, d'ailleurs, histoire de tirer la barbe de ces impitoyables censeurs, je vous recommande la lecture d'un livre de l'Américain Richard Klein, paru chez Seghers. En anglais, il s'intitule *Cigarettes are sublime*, ce que l'éditeur a prudemment traduit par *De la cigarette...*)

En Australie, le conflit fumeurs-non-fumeurs a pris une direction inattendue. Les producteurs de télévision australiens, et notamment ceux qui fabriquent les feuilletons dont le petit écran est si friand, ont réclamé que les soap-opéras tournés en Grande-Bretagne soient bannis des télévisions australiennes. En effet, ont-ils fait remarquer, dans les feuilletons britanniques, un personnage sur quatre fume alors qu'il y en a seulement un sur onze dans les feuilletons produits en Australie. Les producteurs australiens fondent leur réclamation sur une étude réalisée par un universitaire qui a dû regarder intégralement trois cent quatre épisodes de soap-opéras britanniques et australiens. Il est surprenant que l'on puisse, au nom d'une exigence de santé, soumettre un homme à un traitement aussi inhumain.

Je vous souhaite le bonjour.
Nous vivons une époque moderne.

5 décembre 1995

Rentabilité du vieillard

Heureux habitants de la Seine-Saint-Denis et des autres départements français, Orlando a neuf ans, il vit dans le centre de l'Italie et, il y a quelque mois, son père et son frère aîné sont morts dans un accident de voiture. Depuis, Orlando est insupportable : « Il me parle grossièrement, a déclaré sa mère, il me répond, il refuse de m'obéir, il se fait remarquer en classe, il chaparde, il fume, il boit, il insulte les voisins. J'ai appelé les carabiniers pour qu'ils le raisonnent et lui fassent peur : il leur a débité un chapelet d'horreurs et leur a donné des noms qui les ont fait rougir. Voilà des semaines que cela dure, c'est un exemple déplorable pour son frère et sa sœur, et, quant à moi, je n'en peux plus, je le donne à qui le veut. »

Et, joignant le geste à la parole, dans un mouvement sombre et appuyé, la mère d'Orlando s'est rendue chez le juge où elle a rempli et signé une déclaration d'abandon de son fils en même temps qu'un formulaire d'autorisation d'adoption. Voilà un nouveau progrès du progrès et il est bien agréable de se dire que, désormais, satisfait ou remboursé, on va pouvoir rapporter sa progéniture au magasin.

Cela dit, il n'y a pas que les enfants qui peuvent encombrer, il y a aussi les vieux, d'autant plus que la durée de vie s'allonge. On les déposerait bien dans des maisons de vieux mais, quelquefois, on a des scrupules, restes d'une mentalité archaïque. Pour en venir à bout, une maison de vieux du nord de la France a eu l'idée d'une campagne publicitaire : pour chaque vieux ou vieille déposé avant le 31 décembre, vous pouvez gagner un séjour d'une semaine pour deux personnes au Maroc, en Tunisie ou aux Baléares. Cela m'a donné une idée : personnellement, je ne dispose pas de vieux à déposer dans une maison. Ils sont encore assez résistants, et ils ne se laisseraient pas faire. Par contre, le jeune Éliacin et la jeune Zoé ne me donnent pas la satisfaction que j'étais en droit d'attendre de leur patrimoine génétique. J'annonce donc que j'échangerais volontiers ces deux mangeurs de hamburgers contre une paire de vieillards susceptibles de me rapporter une semaine aux Baléares. Faire offre directe, si possible avant Noël. Merci.

Je vous souhaite le bonjour.
Nous vivons une époque moderne.

6 décembre 1995

Radioscopie du zèle

Heureux habitants de la Corrèze et des autres départements français, ce n'est pas pour me vanter mais je vais avoir l'honneur de soutenir devant vous un paradoxe, et ce paradoxe, c'est que, dans la situation que nous connaissons, les gens qui travaillent sont des protestataires que l'on ignore.

Voilà dix-neuf jours, bien compté, que des centaines de milliers de personnes dépensent, pour se rendre à leur travail au milieu des difficultés les moins extricables, des trésors d'énergie, de patience, d'astuce et de détermination, sans montrer d'hostilité à l'égard des grévistes. Pourquoi diable tous ces gens qui pourraient rester chez eux la conscience tranquille s'esquintent-ils le tempérament à remplir leurs obligations professionnelles ? Je me suis posé la question, comme tous les observateurs, et je crois avoir trouvé la réponse. Cette ardeur au travail est, en réalité, une forme de protestation. Pas une protestation contre le plan Juppé, mais une protestation plus large et plus forte. Une protestation contre tous ces responsables mais pas coupables et ces coupables pas responsables qui, d'un gouvernement à l'autre, ont accentué le divorce entre la classe politique et la société, entre l'administration et les administrés et, ce faisant, ont fait au passage le lit des extrêmes populistes.

Cette énergie dépensée à se rendre à son travail, cette fatigue qui n'attend aucune récompense et ne s'en prend à personne, je me demande si cela ne serait pas une revendication collective de responsabilité. C'est un chiffre que l'on a beaucoup répété ces derniers jours qui m'a fait penser cela, le chiffre du déficit de la S.N.C.F. : 150 milliards. Ces 150 milliards me rappelaient quelque chose, mais quoi ? Je n'ai trouvé qu'hier. Cent cinquante milliards, c'est le montant estimé du trou qu'ont creusé dans les comptes du Crédit lyonnais les fantaisies de ses dirigeants et ceux qui, au ministère des Finances et au gouvernement, ont encouragé leurs aberrations. Or, quelles conséquences a eu la découverte de ce trou pour ceux qui l'ont creusé ? Pour la plupart d'entre eux, aucune. On a vaguement dégradé le plus voyant, on a déplacé quelques-uns de ses acolytes, mais le sentiment domine qu'il existe des gens qui vivent au-dessus des règles du jeu social. Et comme l'exemple du Crédit lyonnais n'est qu'un parmi d'autres — j'aurais pu parler des gens qui ont mis en place le fameux plan Socrate et aggravé ainsi les difficultés de la S.N.C.F. —, je me demande si, tandis que nous avons l'œil sur ceux qui, en ne travaillant pas, marquent leur refus du plan du premier ministre, nous ne ferions pas bien de regarder ceux qui, en travaillant envers et contre tout, pourraient bien marquer à leur façon leur refus de cette incompétence cuirassée d'irresponsabilité qui, trop souvent, caractérise le monde de ce que l'on appelle les élites dirigeantes.

Je vous souhaite le bonjour.
Nous vivons une époque moderne.

7 décembre 1995

Virilité du rugby

Heureux habitants du Puy-de-Dôme et des autres départements français, l'une des missions et l'un des mérites de l'école, c'est de faire de nous des hommes. Mais des hommes, c'est précisément ce que ne veulent pas devenir deux élèves d'un établissement secondaire britannique situé dans le Hampshire. Ne croyez pas que ces deux élèves soient de ceux qui moulent leur popotin dans des costumes en toile cirée échancrée, qui l'agitent lascivement sur des musiques chantées par des émules de Farinelli, qui se font des shampooings au minium et qui mettent des faux cils aussi longs que leurs faux ongles. N'imaginez pas davantage qu'il s'agisse d'élèves refusant opiniâtrement de sortir de l'enfance et qui continuent à sucer leur pouce dans le fond de la cour de récré. Non. Si ces deux élèves ne veulent pas devenir des hommes, c'est parce que ce sont des filles. Lucie et Katie, âgées de treize et onze ans, manifestent leur féminité plus que naissante en n'acceptant pas de participer aux séances obligatoires d'apprentissage du rugby. Elles trouvent que ce sport n'est pas pour les femmelettes, ce qui est une conception assez répandue, elles pensent qu'il donne lieu à des rapprochements physiques qui ne les enthousiasment pas et, enfin, ayant constaté qu'en pratiquant le rugby dans sa jeunesse, leur père en a rapporté une oreille déchirée, une rotule déboîtée, quatre fausses dents et une sciatique chronique, elles affirment ne pas souhaiter lui ressembler trop fidèlement. Leur père, d'ailleurs, les soutient, ainsi que leur mère et leurs camarades de classe, garçons et filles. Ce sont les professeurs et le principal de leur collège qui sont si peu d'accord avec Lucy et Katie qu'ils leur ont mis en main l'alternative : ou jouer au rugby, ou quitter le collège.

Cette attitude a été plutôt mal jugée par la population du Hampshire et par les membres du corps enseignant des autres établissements. Aussi le principal du collège, dans ses plus récentes déclarations à la presse, a-t-il eu recours à quelques effets rhétoriques : « C'est une question de principe, a-t-il affirmé. Si nous cédons, cela voudra dire que les élèves ont le droit de choisir le programme scolaire qui leur convient. Et qui nous dit qu'il n'y en aura pas pour décider, les batailles heurtant leur sensibilité, de ne pas s'intéresser à Trafalgar ou à Waterloo ? » Je ne vois pas le problème.

Je vous souhaite le bonjour.
Nous vivons une époque moderne.

8 décembre 1995

Fourberie alimentaire

Heureux habitants du Finistère et des autres départements français, les progrès du progrès ne connaissent point de trêve et ils font sentir leurs effets bienfaisants dès l'école primaire. C'est ainsi que la caisse des écoles du XIIIe arrondissement de Paris a récemment consacré ses efforts à une sensibilisation des élèves de maternelle et de primaire à la civilisation étatsunienne. Voilà une initiative qu'il faut saluer comme elle le mérite car les États-Unis sont incontestablement un grand foyer de civilisation qui exerce dans le monde une considérable influence et, si l'on n'y sensibilise pas les enfants dès l'école primaire, ils n'auront pour s'en rendre compte qu'une douzaine d'heures de feuilletons télévisés par jour, un flot continu de chansons diffusées par quelques centaines de radios, à peine deux films sur trois et tout juste un grand dessin animé à Noël. Il est donc nécessaire, peut-être même indispensable, qu'une caisse des écoles évite à nos enfants de courir le risque de demeurer dans l'ignorance de l'Amérique.

Celle du XIIIe arrondissement aurait pu se

contenter du moyen traditionnellement en usage dans les classes maternelles et primaires, je veux parler du concours de dessin sur un thème donné. Elle n'a pas manqué d'y avoir recours, mais elle l'a sensiblement amélioré en organisant, le même jour, une action de sensibilisation à la culture gastronomique des États-Unis. C'est ainsi que, dans leurs cantines, les enfants du XIIIe arrondissement ont pu découvrir des nourritures aussi rares que le hamburger, des desserts aussi insolites que l'ice-cream (baptisé ice-cream cockpit) et même — mais je ne sais si vous croirez que l'on a pu avoir tant d'audace — une boisson aussi inusitée que le Coca-Cola.

Ah, mademoiselle Martin, ce n'est pas de mon temps — ni même du vôtre, qui est pourtant plus proche — qu'il y aurait eu une sensibilisation au hamburger à l'école. Et admirez comment, dans un arrondissement dont l'annuaire du téléphone nous apprend qu'il n'abrite que onze fast-foods, l'institution scolaire lutte contre cette carence. Sans compter que le concours de dessins sur le thème des États-Unis était doté d'une récompense culturelle d'importance. Des exemplaires des délicieuses *Aventures de Huckelberry Finn* de Mark Twain ? Non, plus culturel : des billets gratuits pour EuroDisney...

Je vous souhaite le bonjour.
Nous vivons une époque moderne.

11 décembre 1995

Inconvénients de la prison

Heureux habitants du Nord et des autres départements français, la zoophilie, doctrine propagée avec zèle par Mme Brigitte Bardot, fait dans le monde des progrès sensibles, mais hélas limités. Examinons d'abord un exemple de progrès sensible : la semaine passée, on a décoré le commandant de bord d'un DC10 reliant Houston (Texas) à Londres (Grande-Bretagne) pour avoir lui-même détourné son avion et l'avoir posé à Boston (Massachusetts). Cet auto-piratage avait été soumis au vote des deux cent huit passagers de l'aéronef qui l'avaient en majorité approuvé à main levée, acceptant ainsi un retard de plusieurs heures.

C'est qu'il s'agissait de sauver Louise. Louise est âgée de cinq ans, âge tendre et émouvant, et c'est un caniche, ou une caniche plutôt, et qui voyageait dans la soute. Or, la climatisation de la soute, s'aperçut le commandant du DC10, s'était déréglée peu après le décollage de Houston et la température ne cessait d'y augmenter. Elle avait atteint cinquante-cinq degrés centigrades au-dessus de zéro lorsque le seul maître à bord après Dieu prit la décision de proposer aux passagers d'atterrir à Boston afin d'éviter que Louise ne soit rôtie. Ainsi fut-il décidé et ainsi fit-on, ce qui prouve heureusement que l'homme est capable d'humanité envers les bêtes.

Venons-en maintenant aux progrès limités. Dans les prisons italiennes, les détenus sont autorisés à jouir de la compagnie d'un chat. Ce n'est pas écrit dans le règlement, mais c'est la tradition et l'on sait qu'en Italie, la tradition a le pas sur les règlements pour le meilleur et pour le pire. Cependant les prisons italiennes sont vétustes et en nombre insuffisant. On en construit donc de nouvelles et, pour bien marquer leur nouveauté, on y interdit la présence des chats. Les détenus protestent, ils écrivent aux parlementaires et l'une de ces parlementaires demande au ministre de la Justice de conserver aux prisonniers les droits coutumiers dont ils jouissaient dans leurs vieilles cellules. Le ministre de la Justice consulte ses collaborateurs et répond à la dame parlementaire que, puisque le confort est meilleur dans les prisons nouvelles, il n'y a pas lieu d'y autoriser la présence des chats. On voit par là que le progrès peut être une bête, et même une bête féroce...

Je vous souhaite le bonjour.
Nous vivons une époque moderne.

12 décembre 1995

Finesses et contrefinesses

Heureux habitants du Haut-Rhin et des autres départements français, l'Italie est peuplée de gens industrieux et la région de Naples témoigne plus qu'aucune autre de la vérité de cet axiome. Ainsi, par exemple, les habitants de la péninsule se sont-ils précipités plus vite qu'en aucun autre pays sur cette invention éminemment moderne qu'est le téléphone cellulaire. Ils lui ont même donné un nom affectueux : *il telefonino*, le petit téléphone. Il en circule environ un million. Eh bien, s'il circule en Italie un million de *telefonini*, les Napolitains en ont fabriqué cinq cent mille supplémentaires. Supplémentaires et faux. Enfin, pas vraiment faux, mais pas vraiment vrais non plus.

Je m'explique : les cinq cent mille faux téléphones cellulaires italiens fonctionnent, mais ils fonctionnent après piratage du code confidentiel de cinq cent mille des *telefonini* officiels. Vous me direz, car vous connaissez les Napolitains, que c'était à prévoir. En effet. Aussi les compagnies qui fabriquent les *telefonini* et les télécoms italiennes l'avaient-elles prévu. Une surveillance informatique de chaque numéro correspondant à un téléphone cellulaire permet de détecter toute augmentation brusque du nombre des communications passées depuis ce téléphone, et, donc, de repérer rapidement le piratage et d'y couper court.

Mais si les industriels de la communication ont prévu l'ingéniosité des Napolitains, les Napolitains, de leur côté, ont prévu qu'on la prévoirait et, avant de mettre chaque téléphone sur le marché, ils ont confié à des escadrons de *disoccupati* le soin de passer, pendant plusieurs jours, un nombre croissant de communications, de manière que l'augmentation du trafic lié à chaque numéro soit en croissance régulière et donc n'attire pas l'attention.

Malheureusement, quelques-uns de ces *disoccupati* avaient des amitiés dans la police et l'affaire a été stoppée en plein élan alors que son bénéfice pour l'année était estimé à cinquante millions de francs. On voit par là que, même en Italie, la tendance à contrarier l'esprit d'initiative gagne chaque jour un peu de terrain.

Je vous souhaite le bonjour.
Nous vivons une époque moderne.

13 décembre 1995

Morphisme

Heureux habitants de la Nièvre et des autres départements français, le problème d'une chronique matutinale pour le jour de Noël, c'est précisément Noël. La nuit dernière, vous avez veillé tard autour du sapin. Votre cœur est badigeonné de sentiments excellents et enfantins. Votre estomac est tapissé de nourritures exquises, quoique un peu grasses, peut-être, et de vins parfumés quoique sans doute un peu capiteux. Vos yeux sont encore impressionnés des images charmantes de votre progéniture ensommeillée mais ravie, découvrant au pied du sapin les débordements de la hotte de l'infatigable vieux barbu. Si vous vous êtes rendu à l'office, vous avez l'impression que votre âme est toute propre, même là où il y avait des nœuds et, cachées sous les nœuds, des taches. Devant vous se tient, modeste mais prometteuse, la perspective de trois jours fériés qui vous permettront de goûter un à un les charmes du repos et de traîner sans remords une flemme à géométrie variable.

Vous êtes donc d'une humeur exquise qu'altère à peine la perspective d'un déjeuner en famille avec du gigot et de la belle-mère en garniture. Donc, étant d'une humeur de rêve, vous vous trouvez dans une situation optimale pour prêter à mes balivernes matutinales une oreille bienveillante et, qui sait, peut-être affectueuse. Seulement voilà, la débauche de bons sentiments et de nourritures roboratives à laquelle vous avez commencé de vous livrer cette nuit vous a fatigué, vous vous êtes couché tard et, à l'heure où je vous adresse ma causerie, vous vous prélassez voluptueusement dans les bras de Morphée.

Morphée est l'ennemi principal du chroniqueur matutinal, chroniqueur qui, lui, n'a pas l'avantage comme cette créature mythologique de disposer d'ailes rapides et silencieuses, ni de jouir du don de prendre la forme de n'importe quel être humain pour venir visiter vos rêves. « D'accord, mais à part ça », disais-je encore hier à un vieux camarade, « Morphée, qu'est-ce qu'il a de plus que moi ? — Qu'est-ce qu'elle a, veux-tu dire ? répondit mon camarade. — Non, répliquais-je, qu'est-ce qu'il a. En dépit de la terminaison de son nom en ée, Morphée est un mâle, le fils d'Hypnos et le petit-fils d'Érèbe, personnification des ténèbres infernales, et de Nyx, la Nuit. Je l'ai appris à l'école... » Et, tout à coup, il m'est venu une idée consolante : pendant que mes confrères et moi-même nous évertuons à parler à des corps endormis, il y a une sensible proportion de ces corps qui croient reposer entre les bras d'une brune chaleureuse ou d'une blonde hospitalière, alors qu'en réalité, ils dorment dans le giron d'un grand crétin frisé et qui, si ça se trouve, a même de la moustache. Je reconnais que cette pensée est peu charitable, mais, vous qui êtes comme nous réveillés en ce matin de Noël, je suis sûr qu'elle ne vous attriste qu'à demi.

Je vous souhaite d'excellentes fêtes.

25 décembre 1995

Nom de D...

Heureux habitants de la Saône-et-Loire et des autres départements français, profitons de la trêve des confiseurs pour aborder des sujets futiles tout en donnant satisfaction à votre curiosité : il m'arrive souvent à travers le courrier, dans une rencontre fortuite à l'issue de quelque conférence, débat ou colloque, de m'entendre adresser la question suivante : comment faites-vous pour trouver un sujet de chronique tous les jours ?

Sans vouloir offenser ceux qui formulent cette interrogation, je voudrais leur dire qu'elle n'est pas la bonne : le spectacle quotidien de la vie observé directement ou à travers les journaux ou encore à la télévision fournit d'abondance des sujets de méditation à celui qui exerce le discutable métier de vivre de la sottise humaine, et même de la cruauté de ce bipède prétendument doué de raison.

Non, vraiment, la question principale que se pose le chroniqueur n'est pas « que dirai-je demain ? » et la difficulté à laquelle il se heurte le plus souvent n'est pas le manque de sujets. C'est plutôt le caractère incroyable de certaines informations pourtant vraies. Car le vrai, pour être cru, doit être vraisemblable. Or, c'est un crève-cœur que de devoir renoncer à un fait avéré, patent, dégoulinant d'exactitude sous prétexte que l'auditeur le croira sorti de votre imagination. D'ailleurs, si, depuis le commencement de cette chronique, je prends des chemins aussi évidemment buissonniers et j'accumule tant de précautions oratoires, vous avez deviné que c'est précisément parce que je tiens l'un de ces faits peu vraisemblables et pourtant si exact qu'il est publié au *Journal officiel* de la République. Il constitue la demande de changement de nom n° 38565 : « Mlle Natalelli dépose une requête auprès du garde des Sceaux à l'effet de substituer à son nom patronymique celui de Dieu. »

Je vous souhaite le bonjour.
Nous vivons une époque moderne.

26 décembre 1995

« Comme s'en vont les écrevisses... »

Heureux habitants de la Moselle et des autres départements français, commençons l'année par une mauvaise nouvelle qui va paraître bonne à ceux d'entre vous qui sont dans le malheur. Le professeur Oaksford, de l'Université de Warmick, pense avoir établi de manière irréfutable que le bonheur diminue les facultés mentales et même que l'homme heureux ne jouit plus que d'une capacité intellectuelle comparable à celle d'une personne dont le lobe frontal a été endommagé. On voit par là que si l'imbécile est généralement heureux, l'heureux est généralement imbécile, ce qui marque un progrès vers l'égalité.

Le professeur Oaksford est parvenu au résultat que je vous ai dit en étudiant les performances scolaires en sciences et en mathématiques de deux groupes d'étudiants : avant de se mettre au travail, le premier groupe regardait l'équivalent des Guignols de l'Info, tandis que le second assistait à la projection d'un documentaire dans le genre Arte. Les premiers sortaient hilares et obtenaient des résultats médiocres aux exercices qui leur étaient soumis ; les seconds quittaient la projection accablés et réussissaient remarquablement leurs exercices. La communauté scientifique britannique a accueilli favorablement les recherches du professeur Oaksford.

Donc, les gens heureux sont des idiots, mais surtout des idiots improductifs. Moins productifs en tout cas que les gens malheureux et plus lents à apprendre. On peut donc s'attendre à ce que la pédagogie opère un virage à 180° et que le rétablissement des châtiments corporels soit étendu à l'université afin que les étudiants rattrapent le retard dû à trois décennies de laxisme, d'incitation à la créativité et de méthodes douces. On peut prévoir que, dans les entreprises, les patrons auront désormais à cœur de rendre malheureux ouvriers, employés et cadres afin d'améliorer leur productivité. Bref, nous pouvons considérer que la devise de l'humanité dans les prochaines années pourrait bien être cette phrase que claironnent cent fois par jour les conducteurs d'autobus parisiens : « Avancez en arrière ! »

Je vous souhaite le bonjour.
Nous vivons une époque moderne.

1er janvier 1996

Petite mauvaise odeur

Heureux habitants de la Charente-Maritime et des autres départements français, j'ignore si vous n'êtes pas sans le savoir et je ne sais si vous n'êtes pas sans l'ignorer mais si vous avez l'idée d'un produit que vous souhaitez mettre dans le commerce, il faut que ce produit porte un nom. Si vous avez l'idée d'un nom pour votre produit, il convient que vous vous assuriez qu'il n'est pas déjà en usage. S'il est déjà en usage, il est bon de vérifier que celui qui utilise ce nom en est légitimement propriétaire. Vous le saurez en consultant le *Bulletin officiel de la propriété industrielle* lequel bulletin publie l'enregistrement du dépôt des noms et des marques que vous avez inventés.

Nous voilà renseignés, chroniqueur matutinal, mais nous n'en demandions pas tant et où cela nous conduit-il ? Cela nous conduit à savoir que la page 30 du numéro 95/47 du *Bulletin officiel de la propriété industrielle* informe ses lecteurs du dépôt sous le numéro national 95592465 d'une marque de parfum inventée par une citoyenne de la bonne ville de Puteaux. Le nom que cette dame a imaginé pour sa marchandise est : « Sarajevo, parfum de guerre. »

Il y a pire que le bourreau, disait Mirabeau, c'est son valet. J'ai le regret de dire au regretté Mirabeau qu'il y a pire que le valet du bourreau et que les progrès du progrès font rage jusque dans la bassesse.

Je vous souhaite le bonjour.
Nous vivons une époque moderne.

2 janvier 1996

Avancée de l'Europe

Heureux habitants des Ardennes et des autres départements français, l'Europe avance, mais peut-être pas à un train d'enfer. Un grand quotidien néerlandais a publié un sondage sur l'opinion des sujets de Sa Majesté la reine de Hollande à l'égard des Belges, des Allemands, des Français et des Britanniques. Eh bien, j'ai le regret de vous dire que 45 % des Hollandais nous trouvent nous Français parfaitement antipathiques, ce qui nous vaut la palme de la détestation. Et non seulement ils nous trouvent antipathiques mais ils nous jugent corrompus, paresseux et, pour tout dire, pas très propres. Les Néerlandais ne se contentent pas de ne pas nous apprécier : ils nous enfoncent en nous comparant à nos voisins. Ils trouvent les Allemands intelligents et travailleurs, les Belges sympathiques et accueillants, les Britanniques courtois et fiables. Au palmarès de l'arrogance, qui vient en tête dans l'opinion hollandaise : *nozigues*. Au classement du chauvinisme, qui s'adjuge la *pole position* ? Nos pommes. Et s'il faut citer la nation la moins européenne, c'est-à-dire celle qui paraît jouer le jeu de Maastricht avec le plus de réticence, à qui pensent les Hollandais ? À la France, vous l'avez deviné.

J'épargne à votre fierté nationale quelques-uns des qualificatifs que nous ont réservés les mille cent quarante-six Néerlandais âgés de dix-huit ans et plus interrogés pour les besoins du sondage et je vais directement à la dernière question que je soupçonne mes confrères hollandais d'avoir suscité par esprit de malice à l'égard de leurs compatriotes (car ce n'est pas pour me vanter mais j'ai des confrères hollandais qui ont eux-mêmes des compatriotes). La dernière question du sondage était donc : « Quelle est votre destination de vacances préférée ? » L'Allemagne, ont répondu 23 % des sondés. La Belgique, ont répondu 20 %. La France, ont déclaré 42 % des habitants de la Hollande, pays dans lequel Descartes avait trouvé refuge mais où, à l'évidence, il n'a pas fait école...

Je vous souhaite le bonjour.
Nous vivons une époque moderne.

3 janvier 1996

Déma-vangogh-ie

Heureux habitants du Lot-et-Garonne et des autres départements français, ce n'est pas pour me vanter mais j'ai lu dans *Télérama* une lettre de lecteur qui dit ceci : « Van Gogh vit toujours, il est intérimaire du spectacle, ses toiles sont dédaignées des galeries [...]. Il a souffert mille morts pour que d'aucuns rigolent, leur gros derche calé devant des colonnes de chiffres qui montent, qui montent rien qu'à les regarder... »

Je ne voudrais pas me montrer désobligeant envers l'auteur de cette prose ni envers ceux qui l'ont publiée, mais dans le genre démagogique, je trouve qu'ils commencent assez bien l'année. Il est vrai qu'ils ne sont ni les premiers ni les seuls à faire du mélo avec Van Gogh et à confondre son drame personnel et le sort réservé à sa peinture. Le thème de l'artiste maudit figure au premier rang de ceux qui permettent de se donner à soi-même l'air d'être une personne éclairée et compatissante. Malheureusement, même s'il est répété jusqu'à satiété, ce numéro de salon n'a, dans le cas de Van Gogh, que bien peu de rapports avec la réalité. Van Gogh est mort à trente-sept ans. Il n'a peint que de 1882 à 1890 — soit huit ans — et n'a trouvé sa manière qu'à peine cinq ans avant de se donner la mort. Cinq ans pour faire connaître et reconnaître son originalité, c'est plus que court, pour n'importe quel artiste. À titre de comparaison, Matisse ne fera sa première exposition personnelle qu'à trente-cinq ans. À quarante-six ans, Kandinsky n'était toujours pas accepté par une grande partie de la critique. Quant à Monet, pour finir avec un contemporain de Van Gogh, il vécut longtemps de la charité de son ami Manet et ce n'est que trente ans après ses débuts qu'il connut le succès... Il me semble que l'on peut difficilement soutenir qu'un artiste apporte quelque chose de nouveau et qu'il est anormal que son époque mette un peu de temps à saisir et à assimiler cette nouveauté.

Quant à la vente des tableaux de Van Gogh, il suffit de lire les lettres qu'il écrivait à son frère et marchand, Théo, pour constater que c'est Vincent lui-même qui s'opposait à ce que sa peinture soit proposée dans les galeries, parce qu'il doutait d'elle et que, disait-il, il ne se sentait pas prêt, malgré les encouragements de Toulouse-Lautrec ou de Gauguin (lequel Gauguin, par parenthèse, se faisait siffler à quarante ans, quand Théo Van Gogh organisa sa première exposition à Paris). Et, lorsque, après la mort de Vincent, Théo mit ses tableaux en vente, ils connurent, à l'inverse de la légende, un succès d'une étonnante rapidité.

Je sais bien que nous aimons nous apitoyer, ça nous donne l'illusion d'être bon, que nous aimons la morosité et le dénigrement et que les légendes ont la vie d'autant plus dure qu'elles font pleurer Margot, mais enfin, si l'on prétend admirer et respecter Van Gogh, il me semble que la première des choses à faire est de ne pas l'utiliser pour se donner à soi-même le beau rôle et faire son intéressant.

Je vous souhaite le bonjour.
Nous vivons une époque moderne.

4 janvier 1996

Cyber

Heureux habitants de la Meuse et des autres départements français, vous savez ce qu'est Internet et vous n'avez pas besoin que je vous l'explique. Eh bien, tant mieux car je faillirais sûrement à cette tâche. Laissez-moi seulement vous dire que l'on compte aujourd'hui trente millions de connectés à ce réseau des réseaux et qu'ils sont répartis dans plus de quatre-vingts pays. On nous prédit qu'ils seront cinquante millions à la fin de l'année et on se demande ce que ces braves gens fabriquent devant leur satané ordinateur. Eh bien, sachez d'abord qu'il ne s'agit pas forcément de braves gens — peut-être même de moins en moins. Le Bureau fédéral des narcotiques a repéré que les livraisons de drogue sont annoncées par l'envoi d'une photo codée. La photo représente par exemple une villa, les gangsters trafiquent la couleur d'une vingtaine des 150 000 pixels qui composent cette photo. Les pixels trafiqués constituent un code que des ordinateurs mettraient plusieurs mois à déchiffrer. Le Congrès des États-Unis, quant à lui, aurait repéré deux cents casinos virtuels acceptant des mises allant jusqu'à un million de francs. Les mises sont effectuées en donnant le numéro de carte de crédit. Le siège du casino virtuel — c'est-à-dire l'endroit où l'on encaisse ces mises — est le plus souvent à Cuba. (Ah, Cuba, l'un des derniers paradis socialistes !)

Il paraît que certains pays d'Asie, d'Afrique et même d'Europe sont jaloux... Il y a de quoi : les experts annoncent que les cyber-casinos brasseront, d'ici trois ans, 200 milliards de francs. Comme on le voit, l'avenir est aux bénéfices virtuels et aux roulettes où l'on jouera tout seul, avant, peut-être, pour se consoler de ses pertes, d'aller, grâce au cybersexe, rendre visite à une cyber-belle-de-nuit, afin d'enrichir son cyber-maquereau. Remarquez, là, au moins, il n'y a pas à craindre de maladie...

Je vous souhaite le bonjour.
Nous vivons une époque moderne.

5 janvier 1996

Faire simple

Heureux habitants de la Sarthe et des autres départements français, je ne saurais commencer l'année sans avoir une pensée pour le corps enseignant qui a, parmi ses rudes tâches, celle de faire, dans le cerveau de notre progéniture, un peu de place pour, mettons, les *Fables* de La Fontaine, entre les paroles des chansons de Patrick Bruel et le catalogue des recettes pour faire disparaître les boutons d'acné. Heureusement les professeurs sont aidés et éclairés dans l'accomplissement de leur tâche par des spécialistes de la science pédagogique. À propos de La Fontaine précisément, une revue publiée par ces doctes personnages invite les professeurs à réfléchir sur le rôle du bestiaire dans ses fables. Longtemps on a enseigné que si La Fontaine avait choisi de mettre en situation le plus souvent des animaux, c'était d'abord en raison d'une ancienne tradition latine, ensuite parce que cela permettait de dire aux hommes et aux puissants quelques vérités sévères sans les heurter de front et enfin parce que cela est joli, amusant et poétique.

Les progrès du progrès ont permis d'enrichir cette

vision des choses et la revue spécialisée dont je vous parlais s'y emploie. « Vous chantiez, j'en suis fort aise, eh bien dansez maintenant », dit la fourmi à la cigale. Eh bien, selon les pédagogues scientifiques, « le verbe chanter est une syllepse de métaphore ». Ni plus, ni moins. Cela signifie, si j'ai bien compris, que chanter possède deux sens, son sens littéral et son sens figuré : mener une vie insouciante. Va pour la syllepse de métaphore mais voilà-t-il pas que « cette syllepse de métaphore pratique un glissement entre deux univers sans interférence et devient aussi une syllepse de métonymie ». Si j'ai bien compris — et rien n'est moins sûr —, il y a syllepse de métonymie parce que la cigale qui chante n'est pas seulement une vraie cigale, mais qu'elle représente un homme insouciant.

Le mot chanter a deux sens : syllepse de métaphore. La cigale a deux natures : syllepse de métonymie. C'est-à-dire que la cigale qui chante représente, dans la fable, toutes les créatures insouciantes du lendemain. C'est justement ce que me disait, il y a lurette, mon instituteur de huitième, M. Jourdain. Un brave homme, et qui serait bien content d'apprendre qu'il enseignait les syllepses sans le savoir.

Je vous souhaite le bonjour.
Nous vivons une époque moderne.

8 janvier 1996

Nœud gordien

Heureux habitants de la Haute-Loire et des autres départements français, un sujet de Sa Gracieuse Majesté britannique, que nous appellerons Mr Martin pour ne pas le gêner, reçut en juin 1989 la visite d'une assistante sociale. La femme de Mr Martin — qui d'ailleurs n'était pas sa compagne légitime — avait été signalée en fugue et les services sociaux s'inquiétaient à l'idée que Mr Martin, travailleur intermittent et donc chômeur occasionnel, se retrouve seul à élever les sept enfants d'âge rapproché qu'il avait eus d'un certain nombre de Mrs Martin, créatures sans doute girondes mais peu enclines à la sédentarité conjugale.

Mr Martin, ayant protesté que ses enfants constituaient son plus précieux trésor et que, jusqu'ici, avec ou sans Mrs Martin, il était parvenu à les loger, les nourrir, les torcher et les chérir, les services sociaux acceptèrent qu'il garde sa marmaille à condition que ce soit dans un local plus spacieux que son appartement de l'époque. Et donc, en juin 1989, les Martin furent provisoirement installés dans un logement social vacant pour quelque temps. Quand ces quelque temps furent accomplis, on transféra les Martin dans un foyer social où ils passèrent près d'un trimestre. Comme ce foyer devait être démoli puis reconstruit, ils furent expédiés dans un autre établissement certes similaire mais situé à l'autre bout de Londres, ville dont on sait que les bouts sont particulièrement éloignés. De ce foyer, les Martin passèrent à un centre d'hébergement, du centre d'hébergement à une pension de famille, de la pension à un hôtel, puis à un autre... Bref, jusqu'en septembre 1994, c'est-à-dire en cinquante et un mois, les Martin connurent trente-quatre logements différents.

Pendant qu'il déménageait, Mr Martin ne pouvait scolariser ses enfants puisqu'ils passaient du ressort d'une école à un autre. D'autres services sociaux que ceux qui logeaient Mr Martin le poursuivirent donc pour incitation à la désertion scolaire ou Dieu sait comment cela s'appelle. Le juge à perruque qui a eu à connaître le dossier de Mr Martin et de ses sept analphabètes a vu rouge. Il a condamné les services sociaux à verser 30 000 francs à chaque enfant et à prendre en charge les frais de leur scolarité dans des établissements de rattrapage.

Dieu bénisse Sa Seigneurie emperruquée !

Je vous souhaite le bonjour.
Nous vivons une époque moderne.

9 janvier 1996

Traits

Heureux habitants de la Seine-Maritime et des autres départements français, vous n'êtes pas sans savoir que France 3 diffuse chaque jour ouvrable une émission intitulée « Un livre, un jour ». Sauf erreur, ce programme est le plus court de la télévision française et mon confrère de France Inter Olivier Barrot y dispose de deux minutes pour présenter un ouvrage récent et donner envie de le lire. À l'occasion de la mille et unième d'« Un livre, un jour », France 3 a demandé à dix-huit écrivains d'écrire un éloge de la brièveté en à peu près une page. Tous n'y parviennent pas avec le même bonheur mais certains ont le chic pour célébrer les charmes explosifs de la concision.

Ainsi Gilles Perrault trace un percutant parallèle entre l'appel du 18 juin, qui réinventait la France en quinze lignes, et les discours de Fidel Castro qui naufragea l'espoir des Cubains dans des logorrhées de sept heures. Il raconte que, l'abbé de Bernis étant venu solliciter un bénéfice du cardinal de Fleury et ayant obtenu pour réponse : « De mon vivant, jamais », l'abbé répliqua : « J'attendrai, monseigneur. » Et lorsque la princesse de Ligne demanda à son mari de retour d'un long voyage en célibataire s'il lui avait été fidèle, le prince eut ce mot : « Souvent, madame. » René de Obaldia rappelle que le général Rostopchine — celui qui incendia Moscou devant la Grande Armée — écrivit un livre de souvenirs, intitulé *Mes mémoires en dix minutes*, dont le premier chapitre tenait en trois phrases : « En 1765, je sortis des ténèbres pour apparaître au grand jour. On me mesura, on me pesa, on me baptisa. Je naquis sans savoir pourquoi et mes parents remercièrent le Ciel sans savoir de quoi. »

Mais, si la brièveté est bien cette fusée dont les feux explosent à partir du point minuscule qu'elle touche, alors la palme revient à ce poème que rapporte Jean d'Ormesson. Il raconte l'histoire de Loth qui s'enivra puis abusa de ses propres filles :

Il but, il devint tendre
Et puis, il fut son gendre.

Je vous souhaite le bonjour.
Nous vivons une époque moderne.

10 janvier 1996

Faire maigre

Heureux habitants des Vosges et des autres départements français, voilà tantôt deux semaines que le dernier réveillon a eu lieu, ses effets sont fort visibles sur votre tour de taille et la galette des rois à la frangipane n'a rien arrangé. Peu importe : me voilà. Te voilà, chroniqueur matutinal, et tu crois que cela va nous faire la cuisse plus fine ? Je ne le crois pas, j'en suis sûr, car je n'arrive pas les mains vides mais au contraire pleines de patches. Pleines de quoi ? De patches, de patchizes, si vous préférez, autrement dit de pastilles autocollantes. Et tu vas nous faire maigrir avec des pastilles autocollantes, cornichon sidéral ? Je vais vous faire maigrir avec des pastilles autocollantes, car elles sont au *Fucus vesiculosus*. D'ailleurs, je ne vais pas vous faire maigrir, je vais vous faire fondre, car le prospectus que j'ai sous les lunettes est formel : l'action du *Fucus vesiculosus* est foudroyante : le *Fucus vesiculosus* dissout les graisses, le *Fucus vesiculosus* accélère le fonctionnement du métabolisme, le *Fucus vesiculosus* est efficace à 100 %.

Présenté comme la copie d'un rapport d'étude

remis par un directeur scientifique à un président (mais on ne sait ni où opère le directeur ni ce que préside le président), le prospectus apologétique du *Fucus vesiculosus* rend compte de quatre cas d'expérimentation des pastilles magiques. Mme P. a perdu 6 kilos 200 la première semaine et 19 kilos en un mois. Mme D. a commencé par 5 kilos 700 en huit jours, puis, d'une lune à l'autre, ce sont 17 000 grammes qui l'ont quitté. Mme J., dans le même temps, a fondu de 33 livres, tandis que M. D. a vu ses rondeurs diminuer au rythme moyen de 3 kilos 900 grammes par semaine. Et cela, proclame le prospectus en grosses lettres, « sans aucun régime ».

Une seule contrainte : changer chaque matin la pastille au *Fucus vesiculosus*. Ah ! Et combien coûte-t-elle, cette pastille au *Fucus vesiculosus* ? La peau des fesses... Alors autant renoncer à maigrir par ce moyen : à quoi peuvent être agréables des fesses flasques et privées de leur peau ?...

Je vous souhaite le bonjour.
Nous vivons une époque moderne.

11 janvier 1996

Mauvaiseté de l'homme

Heureux habitants de l'Yonne et des autres départements français, non seulement le progrès progresse et me fournit mille occasions d'égayer votre levée du corps, mais encore il fourmille de surprises. Prenons la lutte contre le racisme : de nombreux pays ont adopté des mesures qui incitent les victimes d'une discrimination raciale à porter plainte. Les Britanniques ont souhaité qu'une étude mesure les effets de cette disposition. Il en est ressorti que 11 % des plaintes pour discrimination raciale ont été déposées... par des Blancs. (Officiellement, on dit des « personnes de race caucasienne. ») Un tiers de ces Caucasiens estiment avoir été injustement traités par d'autres Blancs : ce sont essentiellement des Irlandais vis-à-vis desquels les Britanniques se sont comportés plus mal que s'ils avaient été belges. Tant il est vrai que l'on déteste mieux son prochain que son lointain, que certains Irlandais se sont plaints que, pour l'attribution d'un logement, des propriétaires anglais leur aient préféré des Pakistanais, ou même pis... (J'adore voir la tête de Mlle Martin quand je dis : Pakistanais ou même pis...)

Toutefois, la grande majorité des plaintes en discrimination raciale portées par des Caucasiens met en cause des non-Caucasiens, et principalement des Asiatiques, telle cette femme chinoise condamnée pour avoir licencié sans motif l'un de ses employés blancs — blanc et mâle — et pour l'avoir remplacé par une autre femme chinoise dont l'enquête de police révéla qu'elle était moins formée et moins expérimentée que l'employé blanc dont elle prit la place. Un rien désabusé, une de mes consœurs britanniques caucasiennes commente cette étude en écrivant : « Les textes contre la discrimination raciale avaient pour but de rendre plus difficile l'accomplissement d'une injustice. L'étude sur leur application montre à quel point l'homme préfère se venger d'une injustice en la commettant à son tour, plutôt que de la voir disparaître. »

Je vous souhaite le bonjour.
Nous vivons une époque moderne.

12 janvier 1996

Échec aux dames

Heureux habitants de l'Eure et des autres départements français, les esprits chagrins soutiennent que, dans le monde, notre langue perd du terrain. La réalité n'est pas aussi noire. Ainsi, par exemple, le jeune Éliacin a-t-il reçu du Père Noël un jeu de dames que ledit Père Noël, qui n'est pas moins au courant qu'un autre de la délocalisation de l'industrie du jouet et du jeu, était allé se procurer en Asie du Sud-Est. Le jeune Éliacin étant plutôt porté sur les bidules électroniques que sur les jeux traditionnels auxquels se divertissaient ses ancêtres, le jeune Éliacin, donc, s'est plongé dans le mode d'emploi en français fourni aimablement par le fabricant sudestasiate de ce jeu de dames. Or, et très paradoxalement, au bout d'un quart d'heure de lecture, le jeune Éliacin avait le regard beaucoup plus halluciné qu'après deux heures ininterrompues de jeu vidéo. Voilà le mode d'emploi qu'il avait lu :

« Jeu de dames

« Le jeu comprend : 24 dames — 12 d'une couleur et 12 d'une autre couleur. L'idée du jeu : est de voire lequel des jouenrs qui va capturer le plus de dames.

Pour placer le jeu : les dames sont placées comme le dessin suivant. Remarquez bien. Le jeu : A son tour le joueur déplace une de ses dames à droit, ou à gauche en suivant la diagonale dont il est placé ; en autres mots, le jeu est joué seulement sur les carrés blancs du jeu. Les dames peuvent être déplacées en avant, un carré à la fois, jusqu'à ce qu'il arrive à la ligne extrême du jeu. Lorsqu'elles devienne ROI et sont COURONNES (ex. fait double en plaçant une autre dame pardessus), lorsqu'ils ne peuvent se déplacér ou, en avant, ou en arrière jusqu'à la fin du jeu. La capture d'une dame se fait en sautant pardessus la dame de votre énemi qui est placée dans le carré adjacent. La dame qui a été sautée : est retirée du jeu et remise que pour couronner un ROI. Le joueur peut sauter pardessus toutes les dames de votre énemi en espérant que le carrie audessus sera vacant. Quand il y a 2 chances de capturer, vous choisissez ; dans un sens 1 dame seulement est retiree, et dans l'autre sens plusieurs. Lorsque vous rejoignez le ROI par un saut ou autre, ceci termine le déplacement jusqu'à ce que votre énemi se déplace excepte quand vous sautez sur une dame qui est déjà ROI, et dela vous pourrez sauter encore sur une dame qui est dans un terrain de capture. Lorsqu'un joueur est en position de capturer 1 dame ou plusieurs ; et qu'il echoue, il peut donc se faire “pousser”. Son enemi va peut etre retirer la dame du joueur qui a échoueé, comme punition. Pour gagner ; Le joueur gagne apres avoir capturé toutes les dames de son énemi ou bien apres l'avoir placé dans une position d'ou il ne peut faire de déplacements, est donc le gagnant. »

On voit par là, dis-je au jeune Éliacin en lui posant sur la tête une poche de glace, que le français ne perd pas de terrain. C'est seulement le terrain qui devient mouvant.

Je vous souhaite le bonjour.
Nous vivons une époque moderne.

15 janvier 1996

Humanisme policier

Heureux habitants du Calvados et des autres départements français, vous n'êtes pas sans savoir que les policiers britanniques ne sont pas armés et qu'ils s'en glorifient non sans raison. Cependant, la moralité publique n'est pas, en Grande-Bretagne, en meilleur état que dans les autres nations européennes et les *bobbies* doivent de plus en plus souvent affronter des délinquants agressifs, voire violents. Le ministre de l'Intérieur de l'ex-belle-mère de la princesse de Galles, conscient de la nécessité et de la valeur des traditions, a voulu permettre à ses agents de se défendre et de mettre les méchants hors d'état de nuire sans aller jusqu'à autoriser les armes à feu. Il y avait bien les matraques mais, d'une part, les voyous en possèdent souvent de fort contondantes et, d'autre part, leur maniement par des femmes — qui sont de plus en plus nombreuses dans la police du Royaume-Uni — n'est pas toujours aisé. Aussi le ministre britannique de l'Intérieur a-t-il porté son choix sur des bombes individuelles qui émettent un gaz tout à fait dissuasif puisqu'il aveugle momentanément celui qui le reçoit tout en provoquant chez lui une forte sensation d'étouffement et des spasmes irrépressibles comparables à ceux que l'on peut observer chez les danseurs des boîtes de nuit qui jettent bras et jambes dans tous les sens comme les électrocutés dans les bandes dessinées. L'efficacité de ces aérosols a été testée pendant plusieurs semaines avec des résultats probants dans 90 % des cas et, le mois dernier, les bombes ont été mises à la disposition de l'ensemble des forces de police. Celles du Hertfordshire ont annoncé qu'elles n'utiliseraient pas cette nouvelle arme. Elles estiment que les tests n'ont pas suffisamment prouvé que le gaz ne risquait pas de se répandre non seulement sur le délinquant mais aussi sur le policier qui se lancerait à son tour dans la danse de Saint-Guy. On voit bien en effet que le spectacle d'un malfrat et d'un agent de la force publique se démantibulant de conserve comme les énervés de boîtes de nuit sus-nommés ne profiterait en rien à la moralité publique.

Les policiers du Surrey ont également fait savoir qu'ils ne s'équiperaient pas de l'aérosol de maintien de l'ordre. Ils n'ont pas reçu de garantie quant aux effets sur la couche d'ozone du gaz propulsant utilisé. Il me semble qu'il y a quelque satisfaction à savoir que des forces de police ne désirent calmer les esprits que par des moyens respectueux de l'environnement. Comme la matraque, par exemple, dont les policiers du Surrey ont assuré que les éléments féminins de leurs escouades deviendraient des virtuoses après quelques semaines d'entraînement si on voulait bien les équiper.

Je vous souhaite le bonjour.
Nous vivons une époque moderne.

16 janvier 1996

Termes galants

Heureux habitants du Cantal et des autres départements français, naguère, j'ai eu le plaisir de vous donner du bonheur en vous faisant connaître un poème du chanoine de Lattaignant intitulé « Adieux au monde » :

J'aurai bientôt quatre-vingts ans
Je crois qu'à cet âge il est temps
De dédaigner la vie
Aussi je la perds sans regret
Et je fais gaiement mon paquet
Bonsoir la compagnie.

Un auditeur sachant auditer et désireux tout à la fois de me rendre le plaisir qu'il avait éprouvé et de le partager avec vous me fait tenir un autre poème du même chanoine qui montre que, s'il quittait la vie sans regret, c'est qu'il l'avait bien remplie. Le poème s'intitule « Le mot et la chose » :

Madame, quel est votre mot
Et sur le mot, et sur la chose ?

On vous a souvent dit le mot
On vous a fait souvent la chose.
Ainsi, de la chose et du mot
Vous pouvez dire quelque chose,
Et je gagerai que le mot
Vous plaît beaucoup moins que la chose.
Pour moi, voici quel est mon mot
Et sur le mot, et sur la chose ;
J'avouerai que j'aime le mot,
J'avouerai que j'aime la chose
Mais, c'est la chose avec le mot,
Mais, c'est le mot avec la chose,
Autrement, la chose et le mot
À mes yeux seraient peu de chose.
Je crois même, en faveur du mot,
Pouvoir ajouter quelque chose :
Une chose qui donne au mot
Tout l'avantage sur la chose :
C'est qu'on peut dire encor le mot
Alors qu'on ne fait plus la chose.
Et, pour peu que vaille le mot,
Mon Dieu, c'est toujours quelque chose !
De là je conclus que le mot
Doit être mis avant la chose
Qu'il ne faut ajouter au mot
Qu'autant que l'on peut quelque chose.
Et que pour le jour où le mot
Viendra seul, hélas, sans la chose,
Il faut se réserver le mot
Pour se consoler de la chose.
Pour vous, je crois qu'avec le mot
Vous voyez toujours autre chose,
Vous dites si gaiement le mot,

Vous méritez si bien la chose,
Que pour vous, la chose et le mot
Doivent être la même chose.
Et vous n'avez pas dit le mot
Qu'on est déjà prêt à la chose.
Mais quand je vous dis que le mot
Doit être mis avant la chose
Vous devez me croire à ce mot
Bien peu connaisseur en la chose.
Eh bien, voici mon dernier mot
Et sur le mot et sur la chose :
Madame, passez-moi le mot
Et je vous passerai... la chose.

Je vous souhaite le bonjour.
Nous vivons une époque moderne.

17 janvier 1996

L'œil et la tombe

Heureux habitants de la Haute-Garonne et des autres départements français, vous l'avez peut-être entendu dans le poste, il y a une courte lurette, un professeur de médecine aussi savant qu'estimé déplorait le manque de dons d'organes, et plus particulièrement d'yeux. Cet appel à un don d'yeux n'est pas tombé dans l'oreille de sourds, et deux auditeurs de France Inter qui ont bon pied et surtout bon œil, mais qui se trouvent sur le versant de leur âge, ont décidé de faire à la médecine le don que l'on sollicitait d'eux. Leurs quatre yeux ayant été agréés, les deux donateurs ont demandé à l'hôpital susceptible de recevoir leur legs s'il se chargerait du prélèvement.

« Oui, leur a répondu l'administration hospitalière — hospitalière jusqu'à un certain point — à condition que vous nous apportiez le corps. » Comme me l'écrit le généreux donateur, « le prélèvement doit se faire dans les deux heures qui suivent le décès et je nous vois mal, ma femme ou moi, effectuer le transport réclamé ». Obstiné, car il est béarnais, mon correspondant s'adresse alors à un ophtalmologiste exerçant en cabinet. « Si l'on fait appel à vous, pratiquerez-vous l'opération indispensable à notre don ? — Oui sans doute, répondit le praticien, mais à vos frais — car cela n'est pas remboursé par la Sécurité sociale — et à condition que votre décès — ou celui de votre épouse — se produise un jour ouvrable et pendant mes heures de visite ou de consultation. »

Voilà. Je sais bien que ce sont des histoires un peu tristes pour accompagner la levée du corps mais il m'a paru entrer dans la mission du service public d'avertir les personnes qui seraient tentées d'offrir leurs organes pour soulager autrui qu'elles ne doivent pas manquer de s'assurer auparavant de l'horaire et du jour auxquels elles se résoudront à quitter cette vallée de larmes.

Puis-je préciser, mademoiselle Martin, que mon correspondant ajoute : « Puisque j'en ai encore la possibilité, j'adresse un clin d'œil à votre habituelle complice. » Ne serait-ce pas dommage que l'on ne continue pas à voir la vie de cet œil ?

Je vous souhaite le bonjour.
Nous vivons une époque moderne.

18 janvier 1996

Fin des fins

Heureux habitants de Guyane et des autres départements français, les débuts d'année sont d'ordinaire voués aux prévisions de toute sorte. Elles sont en général lourdes de menaces, car, de même qu'il est plus facile de provoquer les larmes que de faire rire, il est plus aisé d'effrayer que d'apaiser. Toutefois, ceux qui n'ont pas de goût pour le catastrophisme peuvent toujours se reporter aux prévisions concernant l'année écoulée et en vérifier l'inanité et souvent le ridicule.

C'est ce que s'est employé à faire mon confrère *US News and World Report*, car ce n'est pas pour me vanter mais l'*US News and World Report* et moi, nous sommes confrères. Plutôt que de s'attaquer aux voyants, devins, mages, futurologues et chatouilleurs d'esprits frappeurs, *US News and World Report* s'est intéressé aux gens sérieux qui publient des livres graves chez des éditeurs connus pour leur componction. Eh bien, en 1995, parmi les titres de cette farine ainsi publiés aux États-Unis, on trouvait : *La fin de la suprématie américaine*, *La fin de l'État-Nation*, *La fin de l'abondance*, *La fin de la culture*, *La fin du mariage*, *La fin des relations de parenté*, *La fin de l'art de la conversation*, *La fin de l'écrit*, *La fin de l'éducation*, *La fin de l'architecture*, *La fin de la théorie de l'art*, *La fin de la théorie de la littérature*, *La fin du roman*, *La fin de la science*, *La fin de l'évolution*, *La fin du laisser-faire*, *La fin de l'égalité*, *La fin de la Réforme*, *La fin du libéralisme*, *La fin de l'ère républicaine*, *La fin du Japon comme entreprise*, *La fin de l'ordre mondial* et encore deux fins, qui ont dû apparemment être reportées pour des raisons techniques indépendantes de la volonté des auteurs, *La fin du monde* et *La fin de l'avenir*.

Cette année, je ne serais pas surpris que ce soit les haricots qui touchent à leur fin.

Je vous souhaite le bonjour.
Nous vivons une époque moderne.

19 janvier 1996

Modeste proposition

Heureux habitants francophones de l'Helvétie et des départements français, parmi tous les dossiers accumulés sur son bureau, il paraît qu'Alain Juppé regarde avec un intérêt particulier le dossier de la Corse. Il faut donc croire que, mois après mois, Alain Juppé prend goût aux difficultés. En effet, en comparaison avec le dossier corse, la question du financement des retraites ou celle de la résorption des déficits sociaux sont aussi simples qu'une partie de mistigri pour un spécialiste du poker menteur.

La Corse vit officiellement sous les mêmes lois que le reste de la République mais on peut y trucider un adversaire politique, intimider les témoins du meurtre s'il s'en trouve d'assez audacieux pour dire ce qu'ils ont vu, plastiquer les casernes de gendarmerie dont les pandores s'enhardiraient à diligenter sérieusement leurs enquêtes, faire exploser des bombes chez les magistrats assez obstinés pour instruire les affaires qu'on leur confie et, si aucun de ces moyens n'aboutit, il reste encore la possibilité d'intimider les jurés de la cour d'assises, étant entendu que l'ensemble de ces exactions sont perpétrées au nom de la justice. Tout comme c'est au nom du déséquilibre avec le continent que des Corses réclament davantage de subventions pour deux départements qui reçoivent déjà plus d'aides publiques que les Antilles ou que c'est au nom du dialogue et de la concertation que certains mouvements font parade de leur armée clandestine et suréquipée, tandis qu'au nom de la fierté corse, d'autres de ces mouvements pratiquent le gangstérisme le moins reluisant.

On dit que M. Juppé aimerait résoudre la question corse et attacher ainsi son nom à une réussite politique comparable à celle que connut M. Michel Rocard avec la Nouvelle-Calédonie. On se souvient que l'ancien premier ministre de François Mitterrand parvint à mettre fin à la violence en faisant signer aux différentes parties en présence un accord aux termes duquel, au bout de dix ans, une période de transition, un référendum déciderait de la question de l'indépendance. Peut-on suggérer à M. Juppé de s'inspirer de cette solution, mais en l'inversant : la France donnerait à la Corse son indépendance pour une période de dix ans à l'issue de laquelle les insulaires confirmeraient qu'ils désirent régler leurs problèmes eux-mêmes ou décideraient s'ils préfèrent les lois de la République, sans réclamer qu'elles soient trouées d'exceptions en leur faveur ?

Je vous souhaite le bonjour.
Nous vivons une époque moderne.

22 janvier 1996

Dénuement du chercheur

Heureux habitants de Seine-et-Marne et des autres départements français, Robert Valentini aura trente-cinq ans dans quelques mois, en septembre. C'est cependant par l'effet d'un pur hasard que la photo de Robert Valentini illustre la page consacrée au mois de septembre d'un calendrier pour 1996 en vente aux États-Unis. Une photo charmante : Robert Valentini est un garçon remarquablement charpenté comme le laisse voir le peu de vêtements qu'il porte. En outre, il a l'œil vif et rieur, deux paires de fossettes qui mettent une touche juvénile, presque enfantine sur son visage d'adulte et un sourire qui doit lui ouvrir toutes les portes... Robert Jones, qui, lui, illustre le mois de mai, n'est pas plus vêtu que Robert Valentini — pas moins non plus car il n'y aurait plus rien à imaginer — et, bien que plus âgé de trois ou quatre ans, il réunit les qualités de l'athlète à celles du modèle. Richard Kremer, dont la photo enlumine le calendrier de mars, ne le cède en rien à ses deux collègues, ni en qualités plastiques ni en quantité d'attraits qui ajoutent à la beauté quelque chose d'avenant, qui en excuse et en réchauffe la perfection.

En plus de leur charme, Robert Valentini, Robert Jones et Richard Kremer ont un point commun, qu'ils partagent d'ailleurs avec les neuf autres pin-up boys de ce calendrier : ils ont tous obtenu un haut diplôme scientifique et travaillent dans l'un des laboratoires les plus cotés de leur spécialité, la biologie moléculaire pour Valentini, la génétique des plantes pour Jones et la chimie pour Kremer. C'est même parce qu'ils sont des scientifiques de haut niveau qu'ils ont été invités à faire parade de leurs charmes. Le nombre d'étudiants et surtout d'étudiantes en sciences baisse aux États-Unis. Montrer que des chercheurs peuvent être sexy devrait faire revenir des candidates vers les laboratoires : c'est ce qu'a pensé Karen Hopkin, une journaliste reconvertie dans la publicité. Au prix de 75 francs l'unité, ses catalogues athlético-glamouro-scientophiliques doivent être constamment réimprimés. Les garçons protestent, du moins ceux qu'un regard d'athlète ne fait pas chavirer : « À quand, réclament-ils, d'accortes chercheuses en bikini ? — À jamais, leur répond Karen Hopkin. Ce serait du sexisme. »
Ainsi s'épaissit le mystère du monde.

Je vous souhaite le bonjour.
Nous vivons une époque moderne.

23 janvier 1996

Ancienneté du nouveau

Heureux habitants de la Belgique et des départements français, nous avons tendance à croire que nous avons tout inventé et surtout la « communication », cette façon enveloppée et doucereuse de propager une opinion, de susciter un comportement. Pour battre en brèche cette conviction, je voudrais vous lire quelques lignes qu'un ouvrage de « morale professionnelle à l'usage des instituteurs » consacrait à la grave question du mariage des institutrices, et notamment de celles qui constituent à l'époque le gros du bataillon : les institutrices de campagne...

« Si l'institutrice n'épouse pas le jeune collègue voisin, elle épousera peut-être un autre fonctionnaire, un percepteur, un employé des postes, un receveur des contributions indirectes, un agent-voyer, un militaire. La difficulté consiste alors, pour l'institutrice, à suivre son mari. Celui-ci, en effet, aura obligatoirement sa résidence dans une bourgade importante ou à la ville. Malgré lois et règlements, les rapprochements souhaités ne sont pas toujours possibles. Pour un poste qui se trouve vacant à la ville, il y a souvent, disions-nous, plus de vingt candidates qui toutes ont de bonnes raisons de famille à faire valoir. Dix-neuf attendront leur tour. Quelques-unes l'attendent pendant toute leur carrière : et cela fait une situation assez pénible.

« Un certain nombre d'institutrices épousent des commerçants, des cultivateurs, des ouvriers. Il n'y a rien à dire, en principe, contre de telles unions, et il en est de parfaitement heureuses. Cela va très bien lorsque le commerçant achète et vend, lorsque le cultivateur sème et récolte, lorsque l'ouvrier n'est pas un ouvrier honoraire. Le danger est que de pauvres filles, séduites par une prestance avantageuse ou bien effrayées à l'idée de vivre toute leur vie dans la solitude, aillent choisir un époux parmi certains gaillards nés un dimanche et prêts à troquer le métier qui leur pèse tant contre celui de "mari de l'institutrice". De ces "frelons", comme les appelait Antonin Lavergne, on en trouverait bien quelques-uns dans la ruche pédagogique. Quand ils sont simplement des rêveurs, des amateurs, ou, si l'on veut parler net, des paresseux, le mal est encore supportable. Mais la paresse est la mère de tous les vices, dit la sagesse des nations. Il est de mauvais paresseux, des frelons peu recommandables. Non, l'élu, c'est la raison, sera l'instituteur... »

Pour la qualité de l'inspiration, je ne sais pas, mais pour celle de la langue : reconnaissez qu'il n'y a aujourd'hui guère de texte de propagande dont on pourrait faire une dictée...

Je vous souhaite le bonjour.
Nous vivons une époque moderne.

24 janvier 1996

Waterloo

Heureux habitants de l'Aude et des autres départements français, que l'on mette nos drapeaux en berne, que la cendre recouvre nos têtes et que des crêpes noirs ornent nos chapeaux ! Se peut-il que nous puissions apprendre cette nouvelle sans que nos poumons se vident, sans que nos langues se collent à nos palais, sans que nos genoux s'entrechoquent, sans qu'une sorte de langueur pénètre nos âmes et les plie de douleur ? La nouvelle n'est pas seulement mauvaise, elle l'est trois fois. La France a perdu un concours international de gastronomie. Ce malheur serait suffisant mais la France ne s'est pas contentée de perdre, elle n'a obtenu que la dernière place. Ces deux outrages suffiraient à provoquer dans le pays une vague de suicides et à la Chambre une mitraillade d'interpellations mais le sort, ayant décidé d'ajouter l'humiliation à l'outrage et l'amertume à l'humiliation, le sort, dis-je, a voulu que non seulement nous ne remportions pas ce concours, que non seulement nous devions prendre le rang infâme de dernier, mais encore que le vainqueur de cette compétition gastronomique soit le pays dont la cuisine est depuis Jules César l'objet de la moquerie la plus universelle, la Grande-Bretagne.

Carême, qui l'eût dit, Legendre, qui l'eût cru ? Même pour un plat qui nous est si national — les frites — qu'on les appelle *french fries* dans la langue de Shakespeare, nous avons 0 sur 10 alors que les Anglais se voyaient décerner la note de 9,5. Les Hollandais, les Italiens et les Allemands ont fait mieux que nous. Pour l'amabilité, qui était à juste titre prise en compte par les jurés, nous sommes les derniers et même tellement derniers, si loin des autres, qu'on se demande si, dans notre cas, les garçons de restaurant ne seraient pas choisis parmi un échantillon d'anthropophages affamés.

Rien ni personne ne lavera notre honte, et tout nous engage désormais à tirer courageusement les conclusions de cette épreuve, c'est-à-dire à ne plus quitter le pays que par train, bateau ou automobile. Et quel rapport, chroniqueur matutinal, entre notre échec lamentable et les moyens par lesquels nous devrions quitter la France ? C'est que le concours dont je vous ai exposé les résultats opposait des restaurants d'aéroport. Ah, ce n'est que cela. Mais les restaurants d'aéroport nous sont connus depuis lurette comme des gargotes de l'âge du caoutchouc. La preuve : on n'y trouve que des Anglais, des Hollandais et des Allemands.

Je vous souhaite le bonjour.
Nous vivons une époque moderne.

25 janvier 1996

Diviser pour régner

Heureux habitants du Québec et des départements français, les progrès du progrès font rage avec une particulière virulence dans le domaine de la pédagogie. J'en reçois maints témoignages. Voici un livret scolaire de cours élémentaire. On y note — pardon, on y évalue — « la capacité de l'élève à utiliser à bon escient le calcul réfléchi ». Renseignements pris, il s'agit d'apprécier si le potache maîtrise le calcul mental. Mais calcul réfléchi doit être plus noble. Quant à savoir dans quelles circonstances de la vie on use de ce mode de calcul à bon escient et dans quelles autres c'est à mauvais escient, j'avoue que mes recherches m'ont laissé Gros-Jean comme devant.

Plus loin, il est question de savoir si l'élève sait « entrer dans un ouvrage en utilisant les indices externes ». Cela veut dire qu'on se demande si le gamin a su tirer de la couverture, du titre et de la table des matières tous les renseignements qu'ils peuvent fournir...

Voici maintenant rien moins que le tableau d'évaluation d'acquisition des connaissances et compétences en histoire-géographie d'une élève de sixième.

Des compétences ? Dès la sixième ? Mazette, le niveau monte ! Les connaissances sont subdivisées en trois : mémorisation, compréhension et vocabulaire. Les compétences se répartissent en huit sous-rubriques : savoir-faire face aux textes, face aux graphiques en courbe, face aux graphiques ombro-thermiques, face aux cartes, face aux images, face aux paysages, face aux dates, face aux schémas. Ces huit savoir-faire connaissent encore chacun deux ou trois subdivisions, ce qui fait qu'en additionnant les connaissances et les compétences, rien que pour l'histoire-géographie, la jeune Zoé a reçu la bagatelle de vingt-huit notes auxquelles s'ajoutent quatre notes d'observations sur l'attitude en classe, soit au total trente-deux notes. Comme la jeune Zoé n'étudie pas que l'histoire-géo mais une bonne dizaine de matières et qu'elle a un frère et une sœur d'âge lycéen, voilà ses parents, à chaque remise de tableau d'évaluation, à la tête d'un petit millier de notes qui leur donnent des migraines oculaires.

Ne voilà pas de quoi, me direz-vous, perdre patience et déposer ses enfants à l'orphelinat. Je ne discuterai pas ce point devant Mlle Martin qui est si sensible. Je me contenterai de me demander si les coupeurs de cheveux en quatre dans le sens de la longueur qui élaborent de tels documents n'essaieraient pas d'avoir au bluff enseignants, parents et élèves, en utilisant en guise de science pédagogique une variété particulièrement brouillamineuse de poudre aux yeux.

Je vous souhaite le bonjour.
Nous vivons une époque moderne.

26 janvier 1996

Paix armée

Heureux habitants de la Loire-Atlantique et des autres départements français, il a été fortement question, ces derniers temps, de certains établissements d'enseignement où les professeurs doivent affronter des élèves pleins de fougue et de muscles et fort ingénieux pour ce qui est de rendre infernale la vie dans leur collège. Sans penser que cela suffira à consoler ces malheureux membres du corps enseignant, je voudrais leur signaler que d'autres pays connaissent une situation comparable.

Ainsi, en Grande-Bretagne — pays dont le moral et la morale ont été sévèrement entamés par l'inconduite de princesses royales mais galeuses —, en Grande-Bretagne, donc, on a vu le nombre des enseignants réclamant une retraite anticipée pour cause de lassitude de leur métier augmenter de 88 % en dix ans. Sur six mille soixante-quinze professeurs qui ont décidé, l'an dernier, d'abandonner leur métier avant le terme prévu plus de trois mille ont avancé comme motif celui de la fatigue d'enseigner, voire du dégoût. Les maladies cardiaques et les problèmes de dos — qui viennent juste après dans l'ordre des causes de demande de mise à la retraite anticipée — ne concernent que quatre cents et trois cents des demandeurs. Encore certains syndicats souhaitent-ils que l'on additionne les malades du cœur et du dos aux dégoûtés de l'enseignement, insistant sur le rapport étroit entre ces deux pathologies et les conditions de vie de ceux qui en souffrent.

Interrogés par la presse, des enseignants désireux de ne plus l'être ont déclaré qu'ils ne pouvaient plus supporter « ni les parents qui sont incapables de tenir leurs enfants et nous demandent sans cesse d'en faire des diplômés de haut niveau, ni les élèves qui sont de plus en plus violents et se promènent quelquefois avec des armes ».

Une bonne nouvelle toutefois : après qu'un principal de collège a été poignardé par un élève — jusque-là, la nouvelle n'est pas bonne —, la police a demandé aux enfants et aux parents de venir déposer les armes blanches en leur possession dans de grandes poubelles discrètement placées hors de la vue des policiers. Dans la seule ville où le malheureux principal a été trucidé, quatre mille huit cent quatre poignards et couteaux à cran d'arrêt ont ainsi été récoltés. Certains observateurs suggèrent que des pourparlers soient ouverts.

Je vous souhaite le bonjour.
Nous vivons une époque moderne.

29 janvier 1996

Asinus asinum fricat

Heureux habitants du Val-de-Marne et des autres départements français, je ne prends jamais la précaution de vous préciser que ce qui alimente ma chronique matutinale est toujours vrai, si invraisemblable que cela puisse quelquefois paraître. Cette fois-ci, il faut pourtant que je vous avertisse : rien de ce qui va suivre n'a été inventé. D'ailleurs, vous pouvez le vérifier le vendredi 15 février prochain en vous rendant au tribunal de police de Florac dans le département de la Lozère devant lequel comparaîtra à 14 h 30 le maire de Genolhac pour y répondre des méfaits d'un âne quasi municipal. Un âne ainsi décrit par l'autorité verbalisatrice : « de couleur grise, caractérisé par un filet noir sur l'échine et la crinière, filet descendant des épaules pour s'arrêter à la racine des antérieurs ». J'ajoute que, dans la meilleure tradition littéraire, cet âne s'appelle Gaspard.

Cet âne, disais-je, est un âne municipal. Il est loué, bâté, aux touristes qui désirent se promener dans les Cévennes à l'imitation du regretté Stevenson. Comme ces promeneurs traversent des forêts domaniales, l'Office national des forêts (O.N.F.)

qui les gère a réclamé un droit de passage annuel pour l'âne et l'a d'abord estimé à 2 000 francs. C'est trop, a jugé la municipalité. Bon, alors, disons 1000 francs, a répondu l'O.N.F. C'est encore au-dessus de nos moyens, a fait valoir la municipalité qui n'est pas bien riche...

Les choses en étaient là, lorsque, l'été dernier, Gaspard fut loué à une honnête famille de randonneurs qui, s'étant arrêtée au bord d'un ru pour y jouir d'un peu de fraîcheur ombragée, attacha l'âne à un arbre et vit soudain surgir deux agents de l'Office des forêts qui firent remarquer que Gaspard n'avait nul droit à piétiner le sol domanial et que, broutant une herbe qui appartenait à la République, il se rendait coupable de vol, ces deux infractions étant de la dernière gravité comme on allait le voir dès que procès-verbal serait dressé. On le vit en effet car on mit fin à l'abroutissement de Gaspard — abroutissement étant l'acte de brouter —, on se transporta chez l'employé de l'association municipale loueuse de l'âne, on le verbalisa dûment, puis on se rendit en cortège au parquet de Mende, où l'on déposa entre les mains du procureur de la République la plainte qui conduit le maire de Genolhac sur le banc d'infamie.

On recommande à tous ceux qui en auront le loisir de se rendre au tribunal le 15 février car on y verra les agents de l'Office national des forêts s'y livrer à un exercice d'évaluation des dégâts causés par Gaspard à l'herbe domaniale à partir d'un calcul dans lequel rentrent la longueur de la corde qui l'attachait à l'arbre, la capacité moyenne d'abroutissement de l'âne et sans doute quelques variations saisonnières.

On espère que l'âne comparaîtra en personne « Ayant tondu d'un pré la largeur de sa langue », comme disait le bon La Fontaine qui n'ignorait pas que le plus âne n'est pas toujours celui qui a les plus longues oreilles.

Je vous souhaite le bonjour.
Nous vivons une époque moderne.

30 janvier 1996

Inégalité des sexes

Heureux habitants des Hautes-Pyrénées et des autres départements français, les progrès du progrès permettent une spectaculaire amélioration de la femme. Ne protestez pas, mademoiselle Martin, c'est un fait avéré et j'en ai d'ailleurs la démonstration sous les lunettes sous la forme d'un dépliant publicitaire par lequel un parfumeur-cosméticien propose ses soins à la gent féminine. Cet émule de César Birotteau vous offre d'abord, mesdames, cinq sortes d'avant-bains capillaires. Le premier est un « restructurant aux protéines de saumon », sans doute désodorisé, le deuxième, un « masque pour les cheveux à la boue marine », le troisième, une « crème nourrissante au beurre de karité », le quatrième, un « soin actif à la propolis », et le cinquième, un « soin profond à l'huile de carotte ». J'avoue être plus familier de la carotte que de la propolis, aussi ai-je dû recourir au dictionnaire pour découvrir qu'il s'agit d'une gomme rougeâtre que les abeilles recueillent sur les écailles des bourgeons de marronnier et de saule. L'ensemble de ces avant-bains capillaires ne vous coûtera que 748 francs.

Vous pouvez ensuite passer aux bains capillaires dont voici la liste : crème traitante et lavante au collagène, shampooing au yucca, shampooing marin, shampooing à l'orchidée, shampooing aux céréales, shampooing aux particules actives. Vous voilà soulagée de 977 francs, ce qui additionné à 748 nous fait 1 725 francs.

Passez ensuite aux après-bains embellisseurs : la vita-crème aux lactoprotéines, le cataplasme aux céréales, l'émulsion volumatrice, l'huile protectrice, le lait capillaire, le démêlant aux protéines de soie et le gonfleur de racines, soit 994 francs. Donc pour une dépense totale de 2 719 francs, vous voilà, madame, ornée d'une chevelure qui sent peut-être un peu le saumon mais qui relègue la blonde Ophélie au rang des beautés de comices agricoles.

Et si votre poil venait à vous trahir, notre capilliculteur vous apporterait encore ses soins grâce à un extrait placentaire aqueux, un régulateur sébo-actif, une gelée apaisante pour le cuir chevelu et un activateur pilaire aux liposomes. 858 francs le tout, soit, au grand total, 3 577 francs.

J'espère, mademoiselle Martin, que vous me prêterez un peu de votre gelée apaisante pour le cuir chevelu mais vous allez voir que l'on trouvera des féministes acariâtres pour s'indigner qu'il ne soit donné qu'à l'homme d'être chauve et d'économiser ainsi 3 577 francs.

Je vous souhaite le bonjour.

Nous vivons une époque moderne.

31 janvier 1996

Proposition indécente

Heureux habitants des Bouches-du-Rhône et des autre départements français, Claudine J. exerce, dans l'aimable et admirable région qu'est la Bourgogne, le négoce des articles ménagers, négoce qu'elle pratique en gros et pour lequel elle a besoin d'un personnel formé à la démonstration et à la vente. Comme ses affaires sont bien menées, elles sont prospères et, comme elles sont prospères, yop-là boum, Claudine songe à embaucher...

Comme elle songe à embaucher et qu'elle n'est pas sans savoir que le pays connaît un grand nombre de chômeurs, Claudine a l'idée de se rendre à l'Agence nationale pour l'emploi de la grande ville la plus proche et d'y déposer, afin qu'on les affiche, ses offres d'embauche.

Arrivée sur place, Claudine réalise son projet et consulte les demandes d'emploi dans le secteur de la vente. « Jeune femme expérimentée étudierait toute proposition dans le secteur de la démonstration-vente », proclame l'une de ces demandes. Claudine note le téléphone de la demandeuse, l'appelle, constate qu'elle possède les qualifications requises et convient avec elle d'un rendez-vous pour un entretien. Le jour dit, la demandeuse d'emploi ne se présente pas. Claudine attend, puis téléphone et laisse un message sollicitant une explication sur le répondeur de l'Arlésienne.

Deux jours plus tard, elle reçoit une lettre : « Madame, je tiens tout d'abord à m'excuser de n'être pas venue à votre rendez-vous. Par ailleurs, je tiens à vous signaler qu'étant inscrite à l'A.N.P.E. et indemnisée par les A.S.S.E.D.I.C., je ne peux accepter votre offre d'emploi. Vous souhaitant bonne réception de la présente, je vous prie, etc. » Claudine m'assure que, si c'est la première fois qu'on lui écrit un tel raisonnement, c'est la énième fois qu'on le lui tient.

Je vous souhaite le bonjour.
Nous vivons une époque moderne.

1er février 1996

Conjugo ergo sum

Heureux habitants du Cher et des autres départements français, la vie n'est pas, comme on le sait, un long fleuve tranquille et c'est l'une des raisons pour laquelle la plupart d'entre nous cherchent à associer leur destin à celui de quelqu'un d'autre afin de pouvoir — croient-ils — traverser cette vallée de larmes à pied sec.

Oui, mais, si l'embarquement pour Cythère est l'un des plus vieux projets de l'homme, le naufrage en est la conclusion la plus ordinaire. Et si autrefois on continuait facilement d'abriter sous le même toit deux cœurs qui ne battaient plus jamais ensemble, aujourd'hui, on a toujours sa valise prête et, aux premiers frottements entre les caractères, les portes claquent, souvent à jamais.

Tant et si bien ou tant et si mal que la vie de beaucoup de nos contemporains ressemble à une sorte de montagnes russes conjugales, ce qui, il faut bien le reconnaître, ne va ni sans fatigue ni sans désagrément. Cela fait la fortune des conseillers conjugaux dont une secte vient de tenir son congrès annuel en Floride, à Miami. L'un des représentants de cette profession a expliqué à ses collègues qu'il a mis au point une méthode de prévisions quant à l'évolution des couples. Selon ce météorologue de l'affect, cette méthode réussit dans 80 % des cas. Elle consiste en un questionnaire qui ne regroupe pas moins de cent vingt-cinq questions. Les unes concernent les antécédents familiaux des futurs époux ; les autres tournent autour de leur vie sexuelle. La vie conjugale des parents des candidats au mariage fait l'objet d'un interrogatoire serré. Leurs goûts alimentaires sont comparés méthodiquement ; leurs visions respectives de l'attribution des tâches ménagères sont passées au crible. Il n'est pas jusqu'aux habitudes vestimentaires, aux réactions aux températures extrêmes, aux jouets favoris lors de l'enfance, aux relations avec les professeurs, aux motifs de répulsion, au comportement électoral ou aux superstitions les plus personnelles qui ne soient examinés et mis en rapport. Mais la question des questions, celle dont la réponse permet de prédire avec le moins de risques d'erreur l'évolution du mariage, c'est la question la plus simple : « Citez vos dix chansons préférées. » Si vous et votre futur citez les mêmes titres, ne croyez pas que ce soit gagné : si, sur ces dix titres, il y a sept ou plus de sept chansons d'amour, c'est que vous attendez beaucoup trop de ce sentiment et que vous courez droit au divorce... « Ne sont déçus du mariage que ceux qui en espéraient quelque chose... » On voit par là que les sciences humaines sont peut-être onéreuses mais qu'elles font des progrès.

Je vous souhaite le bonjour.
Nous vivons une époque moderne.

2 février 1996

L'ennemi du bien

Heureux habitants de la Haute-Corse et des autres départements français, Aldebert Martin — il ne s'appelle pas Aldebert Martin, mais vous connaissez mon souci de discrétion —, Aldebert Martin a dû rester trop longtemps exposé à quelque courant d'air, ou bien il sera sorti sans son écharpe, ou il aura effectué un voyage dans l'un des véhicules surchauffés qui vous font attraper le serin, toujours est-il qu'Aldebert tousse à fendre l'âme. Non d'une de ces toux grasses que la médecine appelle productives et qui sont un élément fondamental de la défense broncho-pulmonaire, mais d'une toux sèche, mate, douloureuse et pour tout dire assez inquiétante pour que Mme Aldebert Martin lui fasse sommation d'aller consulter la Faculté.

Aldebert s'y rend, connaissant la sagesse de son épouse. Le médecin l'ausculte et, après avoir posé un diagnostic que mon respect du secret médical m'interdit de révéler, il prescrit à Aldebert la prise quatre fois par jour d'une cuillère d'un certain sirop dont notre homme s'empresse de faire l'emplette. Mais comme, ainsi que tous les Martin de notre connaissance, ce Martin-là est méticuleux, il prend la précaution de lire la notice qui accompagne son médicament. Ayant vérifié qu'il n'est sujet aux contre-indications mentionnées par ce document, Aldebert passe à la rubrique « Effets secondaires » et lit : « Possibilité de constipation, somnolence, états vertigineux, nausées, vomissements, spasmes bronchiques, réaction cutanée allergique, dépression respiratoire, troubles de l'accommodation, tachycardie, confusion mentale ou excitation. À toutes doses, risque de dépendance et de syndrome de sevrage à l'arrêt brutal. »

Bien qu'il sache qu'une possibilité n'est pas une certitude, Aldebert a renoncé à utiliser le sirop prescrit et remboursé par la Sécurité sociale dont on peut se demander si, en agréant des médicaments susceptibles d'engendrer autant de maladies, elle n'aurait pas inventé le déficit perpétuel...

Je vous souhaite le bonjour.
Nous vivons une époque moderne.

5 février 1996

Mauvais coucheur

Heureux habitants du Loiret et des autres départements français, rien ne peut faire que l'homme puisse éviter d'être la proie de ses instincts. La proie et, quelquefois, le jouet. C'est ainsi qu'un sexagénaire demeurant à Nancy se trouva pris, l'autre soir, d'un soudain accès d'ardeur génésique et qu'il s'avisa d'aller en demander le contentement à une hétaïre qui arpentait péripatétiquement son habituelle surface de bitume. Notre sexagénaire se doublait d'un automobiliste. Arrêtant son véhicule à hauteur de la belle de nuit, il descendit la vitre du passager et s'enquit des tarifs de la professionnelle, laquelle en commerçante soucieuse de satisfaire sa clientèle lui proposa une gamme complète de services allant du coucher à 2 000 francs négociables jusqu'à la gâterie furtive à 200 francs. C'est cette dernière que choisit le sexagénaire qui invita la dame à monter dans sa voiture et, en échange d'un Montesquieu, à lui donner de la joie par le moyen arrêté en commun. L'hétaïre s'exécuta et se mit en devoir d'accomplir son office mais, soit qu'il fît trop froid, soit que l'ardeur de l'homme se fût évanouie, soit que la crainte d'être surpris le préoccupât excessivement, soit encore que l'âge, dans ses nerfs, eût fait couler sa fichue glace, malgré les efforts de l'experte, malgré ses paroles d'encouragement, malgré ses recours à des expédients qui d'ordinaire rendent à chacun son bâton de maréchal, l'instrument dont notre homme espérait tirer quelque plaisir demeura recroquevillé et se refusa à prendre la mesure qu'on attendait de lui.

Au bout de vingt minutes, la belle de nuit déclara forfait et descendit de la voiture pour aller rejoindre son bout de trottoir. Elle en fut peu après délogée par la police et conduite au commissariat pour s'entendre dire que son client peu érectile avait déposé contre elle une plainte pour escroquerie. « Mon sacerdoce, répliqua-t-elle avec hauteur, n'est pas comparable à celui de l'épicier qui doit procurer des pommes de terre au client friand de pommes de terre. Il est de même nature que celui du médecin : je suis tenue de soigner et non pas de guérir. L'escroc serait plutôt mon client. Ce qu'il a fait, c'est comme de se présenter à une pompe à essence avec un vélo et de demander qu'on fasse le plein. » On voit par là que tant les filles de joie sauront se servir de leur langue, ce pays restera ce pays.

Je vous souhaite le bonjour.
Nous vivons une époque moderne.

6 février 1996

Générosité aveugle

Heureux habitants de la Corse-du-Sud et des autres départements français, rien n'est plus riche que la lecture des petites annonces que publient journaux et périodiques. Non seulement leur diversité permet d'y trouver des perles les plus étonnantes, non seulement certains annonceurs y donnent l'impression de s'exprimer en cachette et avec le sentiment réconfortant de l'anonymat et de l'impunité, mais encore il s'y exprime, brut de décoffrage, des visions du monde d'une naïveté ciselée.

Ainsi une société baptisée Numéroscope et basée hors des frontières de l'Hexagone fait-elle savoir que « plus de 1300 jeunes femmes métisses, asiatiques et africaines, francophones et sérieuses cherchent avec ardeur monsieur type européen, sincère, pour union sereine et durable ». On voit par là qu'à l'instar du fameux problème de l'œuf et de la poule, il est difficile de déterminer si le plus vieux métier du monde est celui de fille de joie ou celui de souteneur.

« Homme grand, svelte, dit une autre annonce, situation stable, mauvais caractère, difficile à table, capable du meilleur comme du pire mais meilleur dans le pire souhaite compagne terne, dépourvue d'attraits et surtout d'humour pour couler silencieusement des années d'ennui. » On voit par là que, lorsque l'homme craint trop la déception, il la devance et se réserve ainsi l'éventualité d'une bonne surprise.

Ma préférée toutefois, parmi les annonces dont j'ai récemment fait la lecture, vient d'une ville d'une dizaine de milliers d'habitants dont un ancien seigneur fut le héros d'une série télévisée. Cette annonce dit : « Femme professeur de piano donne cours gratuits à des enfants économiquement défavorisés possédant piano. » Il n'est pas précisé si l'instrument doit être un demi-queue, un quart-de-queue ou un piano droit. Les familles des enfants économiquement défavorisés pourront en débattre directement avec leur professeur bénévole.

Je vous souhaite le bonjour.
Nous vivons une époque moderne.

7 février 1996

Bondieuserie

Heureux habitants de la Creuse et des autres départements français, vous ne pouvez l'ignorer : nous entrons inexorablement dans un univers de communication et de rationalité. Or, il est impossible de prononcer ces deux mots sacrés sans voir immédiatement se profiler l'image d'un ordinateur. Mais l'ordinateur, pour admirables que soient ses capacités qui ne cessent de croître, l'ordinateur est susceptible d'être réduit à un ustensile ménager inerte si ses programmes sont attaqués par un virus. Chaque utilisateur tremble à l'idée d'un tel malheur. Comme vous le savez, c'est au Japon que le pourcentage d'utilisateurs d'ordinateurs est le plus élevé et les compagnies qui fabriquent les programmes destinés à ces appareils rivalisent d'arguments pour convaincre le chaland que leurs logiciels sont à l'abri de toute espèce de parasite.

L'un des fabricants — un Étatsunien et des plus connus — a mis récemment sur le marché un disque dur dont l'intégrité perpétuelle est garantie... par la possibilité d'ouvrir une fenêtre graphique dans laquelle un prêtre shintoïste bénit l'ordinateur. La revue *Univers Mac* dont le récent numéro 52 nous livre cette information précise que cette bénédiction shinto a été dûment homologuée et déclarée conforme par les responsables de cette religion.

Cependant, il s'est avéré à l'usage qu'un nombre non négligeable d'utilisateurs de ce logiciel avec bénédiction éprouvaient certains doutes quant à l'efficacité d'un rite accompli électroniquement par un prêtre en une seule dimension. Afin de ne rien négliger pour apaiser leurs craintes, le fabricant étatsunien a fait solennellement, c'est-à-dire devant les caméras de la télévision, procéder à une bénédiction massive d'autocollants portant quelques symboles shintoïstes et destinés à assurer la protection des machines électroniques. Ces autocollants sont envoyés gratuitement à tous ceux qui pensent que notre marche vers toujours plus de rationalité est inéluctable.

Je vous souhaite le bonjour.
Nous vivons une époque moderne.

8 février 1996

Vigueur retrouvée

Heureux habitants de la Dordogne et des autres départements français, vous vous souvenez, je n'en doute pas, de John Wayne Bobbitt, cet Étatsunien à qui son épouse avait fait entreprendre une carrière de castrat à grands coups de couteau électrique, mais dont on retrouva le petit oiseau dans un buisson juste à temps pour le remettre en place grâce aux progrès de la chirurgie. Depuis, son épouse Loretta a été acquittée et John Wayne Bobbitt a, quant à lui, embrassé la carrière de pornostar, histoire de montrer devant les caméras qu'il n'a rien perdu de sa superbe.

À vrai dire, le premier film du recousu n'avait convaincu qu'à moitié les spécialistes du film X. Finement intitulée *John Bobbitt uncut*, que l'on pourrait traduire par *John Bobbitt, l'intégral*, cette œuvre avait laissé l'impression que son héros avait besoin, pour ériger son affaire, d'un nombre considérable de stimulants et de soutiens divers.

Fort heureusement, Bobbitt a pu rassurer son public à l'occasion d'un récent festival international du film hard qui s'est tenu à Bologne, en Italie. Non seulement il a recouvré un usage facile et glorieux du morceau qu'on lui a attaché, mais encore il projette de trouver dans quelques mois un deuxième film pour lequel il va subir une opération qui allongera son machin de 8 centimètres et en élargira le diamètre — je dis le diamètre et non la circonférence — d'un pouce, soit 2 centimètres 54 millimètres. Une fois le deuxième film tourné, John Wayne Bobbitt a l'intention d'en entreprendre un troisième, non sans avoir subi une nouvelle opération qui devrait lui permettre d'atteindre son rêve : 30 centimètres.

On lui souhaite en effet de s'arrêter à cette taille encombrante et on tire de cette histoire plusieurs conclusions. La première est qu'une vivisection de l'appareil génital semble avoir surtout des effets sur le cerveau, la deuxième est que ce ne doit pas être si désagréable de se faire charcuter par là puisque apparemment on y prend goût et la troisième, c'est qu'au train où va John Wayne Bobbitt, le langage courant ne tardera pas à sanctionner le fait qu'il semble y avoir plus grave que perdre la tête.

Je vous souhaite le bonjour.
Nous vivons une époque moderne.

9 février 1996

S'envoyer en l'air

Heureux habitants de l'Indre-et-Loire et des autres départements français, rien n'est plus exaltant, peut-être, que l'idée de voyager dans l'espace, mais rien n'est aussi dommageable, du moins d'un certain point de vue que je ne trouve pas négligeable. Expliquons-nous.

Le quotidien russe *Robotchkaïa Tribuna* publie une étude dont les sujets sont d'anciens cosmonautes soviétiques. Cette étude révèle que des médecins de l'ancienne U.R.S.S. se sont intéressés d'aussi près que possible aux conséquences d'un séjour prolongé dans le Cosmos sur les fonctions de reproduction. De très attentives observations ont montré que, dans l'espace, les spermatozoïdes se comportent d'une manière aberrante, « pire que des hommes au dernier degré de l'intoxication alcoolique ». Malheureusement, je manque de détails sur ce comportement et j'ignore si le spermatozoïde en apesanteur se met à chanter *Les filles de Camaret* à la façon dont Boris Eltsine massacre *Kalinka*, ou s'il essaye de prouver à ses congénères qu'il peut tenir en équilibre sur sa queue mais, quoi qu'il en soit, il se refuse à rencontrer le moindre ovule, eût-il des bas résille et des yeux de velours. Pis encore : une fois redescendu sur terre, le spermatozoïde continue de se comporter comme un jobastre et se montre incapable de féconder quoi que ce soit...

Selon *Robotchkaïa Tribuna*, les Étatsuniens, qui s'intéressaient eux aussi à ces questions, avaient enjoint à deux de leurs cosmonautes de sexe opposé, Robert Mullein et Judith Reynick, d'opérer en orbite un rapprochement charnel approfondi. Luttant victorieusement contre l'apesanteur, ils parvinrent à accomplir l'acte, mais la chose fut, pour l'un comme pour l'autre, si dépourvue du moindre plaisir — alors qu'ils étaient amoureux — qu'ils en conçurent de sérieux troubles psychologiques et même, pour Judith Reynick, une profonde dépression qui dura des mois.

Parmi les conclusions réconfortantes que permettent ces observations, je placerai au premier rang l'évidence que le septième ciel n'est pas au-dessus de nos têtes mais bien plutôt au milieu de notre monde dont nous ne devrions pas trop maudire la pesanteur. Quant à la certitude que l'homme ne peut pas se reproduire dans l'espace, elle devrait nous conduire à encourager nos amis de TF 1 à élire domicile dans le satellite qui retransmet leurs émissions.

Je vous souhaite le bonjour.
Nous vivons une époque moderne.

13 février 1996

TABLE ALPHABÉTIQUE

DU MÊME AUTEUR

L'ENFANT ET LA RAISON D'ÉTAT, Le Seuil, coll. « Points Politique », 1977.

JUSTICE EN MIETTES, en collaboration avec Hubert Lafont, PUF, 1979.

LE COMMUNISME EST-IL SOLUBLE DANS L'ALCOOL ?, en collaboration avec Antoine Meyer, Le Seuil, coll. « Points Actuels », 1979.

QUÉBEC, Le Seuil, coll. « Petite Planète », 1980.

LE NOUVEL ORDRE GENDARMIQUE en collaboration avec Hubert Laffont, Le Seuil, 1980.

POINTES SÈCHES, Le Seuil, 1992.

DANS MON PAYS LUI-MÊME..., Flammarion, 1993, Le Livre de Poche, 1994.

EAUX FORTES, Flammarion, 1995, Le Livre de Poche, 1996.

PARIS LA GRANDE, Flammarion, 1997.

Chroniques radiophoniques

HEUREUX HABITANTS DE L'AVEYRON ET DES AUTRES DÉPARTEMENTS FRANÇAIS..., Le Seuil, coll. « Points Actuels », 1990.

ÇA N'EST PAS POUR ME VANTER..., Le Seuil, coll. « Points Actuels », 1991.

NOUS VIVONS UNE ÉPOQUE MODERNE, Le Seuil, coll. « Points Actuels », 1992.

DANS LE HUIS-CLOS DES SALLES DE BAINS, Le Seuil, coll. « Points Actuels », 1993.

CHRONIQUES MATUTINALES, Le Seuil, coll. « Points Actuels », 1994.

LES PROGRÈS DU PROGRÈS, Le Seuil, coll. « Points Actuels », 1995.

BALIVERNES POUR LA LEVÉE DU CORPS, Le Livre de Poche, 1996.

EN PROGRÈS CONSTANT..., Le Livre de Poche, 1996.

DANS CETTE VALLÉE DE LARMES..., Le Livre de Poche, 1997.

LE PROGRÈS FAIT RAGE. Chroniques 1 (Folio n° 3161).

LE FUTUR NE MANQUE PAS D'AVENIR. Chroniques 2 (Folio n° 3162).

DU FUTUR FAISONS TABLE RASE. Chroniques 3 (Folio n° 3163).

Composition Interligne.
Impression Société Nouvelle Firmin-Didot
à Mesnil-sur-l'Estrée le 26 janvier 1999.
Dépôt légal : janvier 1999.
Numéro d'imprimeur : 45740.

ISBN 2-07-040741-1/Imprimé en France.

88679